然刘以画峡，内极瀟洒，墨亭醉人，推共，赠物之情，何当贵乎？

漫娱图书
古人很潮 MOOK 书系

桃李春风一杯酒——名士集结 ———————————— 004

- 第一站　花间余绪犹在耳

李煜	本是惆怅人间客 ———————————— 016
晏殊	独上高楼，望尽天涯路 ———————————— 032
晏几道	当时明月在，曾照彩云归 ———————————— 040
欧阳修	把酒祝东风，且共从容 ———————————— 048
范仲淹	已识乾坤大，犹怜草木青 ———————————— 055
趣味互动	在大宋元宵夜，你会遇到谁？———————————— 064

- 第二站　千古风流人物

柳永	人生天地间，忽如远行客 ———————————— 072
王安石	纵被春风吹作雪，绝胜南陌碾成尘 ———————————— 083
苏轼	应似飞鸿踏雪泥 ———————————— 094
秦观	自在飞花轻似梦 ———————————— 102
李清照	花自飘零水自流 ———————————— 111
周邦彦	年去岁来，唯音乐不朽 ———————————— 118
趣味互动	大危机！周邦彦的求助信！———————————— 124
拓展阅读	宋词情话手札 ———————————— 139

- **第三站 八千里路叙豪情**

辛弃疾	却将万字平戎策，换得东家种树书	146
岳飞	叹江山如故，千村寥落	165
陆游	此生谁料，心在天山身老沧洲	172
拓展阅读	婉约VS豪放，谁是宋朝乐坛最强流派？	183

- **第四站 明月不知君已去**

文天祥	一片丹心照汗青	192
姜夔	花满市，月侵衣	208
蒋捷	春风未了秋风到	214
趣味互动	大宋最强逛吃笔记	221
拓展阅读	奇奇怪怪的宋词大赏	228
拓展阅读	词牌名争霸赛：都是词牌名，凭什么你就有故事？	235

　　太平宰相晏殊：北宋婉约小令地位奠基人，擅用小令，被称为"北宋倚声家之初祖"，为宋词发展拉开序幕。

　　多情少爷晏几道：与其父并称"二晏"，二人携手将婉约花间词推向鼎盛。

心忧天下范仲淹：开宋词豪放派之先河。存世词作仅五首，但每一首都对宋词发展起到承前启后的作用。

文坛领袖欧阳修：致力将词向现实主义革新。与韩愈、柳宗元、苏轼合称"千古文章四大家"。

　　执拗相公王安石："唐宋八大家"之一，同范仲淹共开豪放派之风。抒情与佛理共融，其词风被誉为"瘦削雅素，一洗五代旧习"[1]。

　　白衣卿相柳永： 第一次全面革新五代词坛旧风气。一人创百首慢词，使得慢词与小令平分秋色。

[1] 刘熙载《艺概·词曲概》。

东坡居士苏轼： "以诗为词"使豪放词派达到北宋顶峰。继柳永后再次对词坛进行全面革新，使词纵身一跃成为独立的文学诗体。

风流才子秦观： 沿柳永之风将慢词推向成熟。将小令韵味引入慢词，其感伤词也成为了文坛影响深远的抒情典范。

词中老杜周邦彦：开创格律词派先河。将宋词向格律化方向发展，使慢词又迎来了全新阶段，故被后世词论称作"词家之冠"。

千古才女李清照：南渡后自成"易安体"。早年著有《词论》，率先提出词"别是一家"之说法，被世人尊称词宗。

词中之龙辛弃疾： 将爱国豪放词推到南宋之鼎盛，引领了南宋的爱国词派，与苏轼合称"苏辛"，与李清照并称"济南二安"。

民族英雄岳飞： 以爱国词一词压两宋。在《满江红·写怀》中抒发了最纯粹的爱国情怀与豪迈气概，全篇激昂，死而后已。

爱国诗人陆游：将宋词使用意境扩大。被誉为"其激昂慷慨者，稼轩不能过；飘逸高妙者，与陈简斋、朱希真相颉颃；流丽绵密者，欲出晏叔原、贺方回之上"[1]。

南宋烈臣文天祥：唱响宋音风骨最后一声。成为宋末无数文人的精神鼓舞，如同铮铮一声鸣金，回荡在宋史的结局里。

1 刘克庄《后村诗话续集》。

竹山先生蒋捷： 用尽余生为宋词唱起挽歌。身为宋词最后的守灵人，他的词作被奉为填词之法度，有"刘文房为五言长城，竹山其亦长短句之长城欤"[1]之评。

----

1 刘熙载《艺概·词曲概》。

清冷孤鹤姜夔：另立清雅词派一宗。致力于以雅乐入词，糅合苏轼"清空"与苏辛"骚雅"之风，与婉约豪放两派并肩，被奉为雅词典范。

花间余绪犹在耳

—— 第一站 ——

花间余绪犹在耳　文/拂罗

其实，词并非源于宋朝，而是起源于隋朝民间，它最早也并不是严谨的格律文学，而是作为燕乐歌词使用——宴乐又称燕乐，顾名思义，仅供娱乐宴饮。因为它同祭祀用的清乐、雅乐相比艺术性更强，又吸收了中原与外族的文化风格，故而文学结构也比其他类型的歌词更加精妙复杂，所以渐渐广为流传。

在盛唐，词依然作为一种民间流传的歌曲，中唐时，著名文学家白居易、刘禹锡、韦应物等人开始提笔填词，由他们引导，词才逐渐作为一种文体被引入文坛。

安史之乱后，唐朝逐渐颓败，到晚唐五代，人们背负着对乱世飘零的忧患，陷入一种颓靡的虚无主义中，急需抚慰人心、柔软婉约的作品。

小山重叠金明灭，鬓云欲度香腮雪。懒起画蛾眉，弄妆梳洗迟。[1]

——花间词派应社会环境诞生了，上至文豪，下至百姓，皆沉醉于歌女的低吟浅唱。

正如《花间集序》上记载的："举纤纤之玉指，拍按香檀。不无清绝之词，用助娇娆之态。"它风格艳丽柔软，以华丽的辞藻堆砌为显著特征，代表词人是"花间派鼻祖"温庭筠。

再后来，南唐后主李煜被幽禁汴京，日夜以泪洗面，提笔写出"春花秋月何时了，往事知多少"的千古名篇，众人发现靡靡之词原来也可以如此雅致深邃，于是词在宋朝自然风靡起来。

宋朝初年，晏殊、晏几道和欧阳修等人承袭花间风格，开创了北宋婉约词风，承先启后使词完成了由唐到宋的过渡，但主要内容仍为吟风弄月、男欢女爱。

请扫描此处 - 查收此间留音 ▶▶

---

1 温庭筠《菩萨蛮·小山重叠金明灭》。

李煜

本是惆怅人间客

CIHUA SHAONIAN JIAN

文 明戈

01

你穿越到了宋朝。

可你睁开眼，却发现自己站在一片白茫中。不远处正站着一位身材颀长的男子，身着明黄锦袍，头发被银白色的发冠束成一束，剑眉凤目，宛若翩翩富家公子，眸子里却盛满了浓得化不开的哀愁。

不知为何，你的心突然随他悲伤起来。你甚至有种强烈的冲动想走到他面前，抚平他微蹙的眉头。

他在难过什么？

男子忽然抬起头，向你的方向望过来，可他似乎看不见你。

这时你才发现你的周围漂浮着一首首的词，词的作者是……

你仔细辨认着。

——李煜，那个南唐后主吗？

你试探着唤了一声。

男子好像感应到了什么，向前走了一步。

你决定：

继续喊他的名字
跳转3

研究那些词
跳转9

林花谢了春红，太匆匆。无奈朝来寒雨晚来风。

胭脂泪，相留醉，几时重。自是人生长恨水长东。[1]

你读罢抬起头，周围已是一片萧瑟之景。

落红如雨，深院如囚。

李煜与小周后正相顾而立。

时间似乎已经过了很久，许是十年。李煜的头发已然花白，衣衫破旧。周后身形消瘦，满脸泪痕，泪和着双颊上的胭脂流淌而下。

她啜泣着低声道："李郎，我想念锦洞天的花了。"

李煜伸出手，轻轻擦去她的眼泪："怪为夫不好，亡了国，连累你也成了阶下囚。"

周后摇了摇头。

李煜叹了口气，转过身去："谁希望自己爱的人跟着自己受苦呢……"

你正跟着难过，眼前的场景忽然扭曲起来，似是又穿越到了七夕节当天。

周后用仅有的物件打扮了一番，还戴了李煜最喜爱的那只金钗，正提起裙角要前去寻他。

"不好了，陇西公饮毒了！"下人惊慌来报。

周后听到消息，身子一晃晕了过去。

你闻讯连忙向李煜那边飞奔，可赶到时他已伏在桌上，酒杯倒在旁边，一张字条飘摇落下。

---

[1] 李煜《相见欢·林花谢了春红》。

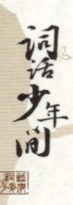

——来世莫做李郎妻。

你捡起字条，愣在原地。

原来他忧伤的……

你并未立刻穿越回去，而是假扮小周后的宫女又待了些时日。眼见她终日以泪洗面，哀思成疾。不久之后，便也去了。

她临终前，嘴里轻声道："奴家从未后悔。"

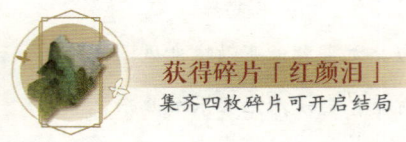

获得碎片「红颜泪」
集齐四枚碎片可开启结局

你继续呼喊着李煜，甚至跳起来挥手。

可他只是眼神空洞地四下望了望，而后便转过身去，再无反应了。

也许应该先研究那些词……

跳转 9

花明月暗笼轻雾，今宵好向郎边去。刬袜步香阶，手提金缕鞋。画堂南畔见，一向偎人颤。奴为出来难，教君恣意怜。

你缓缓读着这首《菩萨蛮·花明月暗笼轻雾》，待回过神来，已经身处在一所宫殿里。殿内极尽华丽，有红罗幕壁，上面装饰着白银钉与玳瑁[1]，入目灯火通明，金碧辉煌。

你低下头看了看自己的衣服，似乎是宫女的装扮。

---

1 鲍士恭《五国故事》卷上："尝于宫中以销金红罗幕其壁，以白银钉玳瑁押之，又以绿钿刷隔眼，糊以红罗，种梅花于其外……煜与爱姬周氏对酌于其中。如是数处。"

018

难不成你穿越成了李煜宫中的宫女？

你一边在偌大的宫殿中悄悄四下观察，一边回忆着方才那首词——月色朦胧，花儿娇艳，今夜便要在画堂南畔与心上人相见。奴家出来一次不容易，君可要好好爱怜我。

好一首肉麻的约会词。

你正感慨，忽然发现前面不就是画堂？莹白的月光蒙蒙洒下来，给娇花都镀上了一层光晕。

这时你才反应过来——原来你可以穿越到每首词的事发之时。

外面突然有人影闪动，你连忙躲起来。可就在你一回身时，忽地撞进了某人的怀里。

布料很软，胸肌很硬。

你下意识地品评起来，足足在人家怀里待了五秒钟才惊叫一声反应过来。

"不好意思不好意思！"你低着头飞快道歉，接着便要跑。可刚迈出一步，便被一双长臂捞了回来。

压低的嗓音从你头顶传来："往哪跑。"

你缩在他怀里不敢吱声，只觉他身上好香。

"三月后的今天便是我们大婚之日。届时，你就是我大唐的国后，看谁还敢对你指手画脚。"

你僵着身子点点头，只觉心脏怦怦直跳。好家伙，原来是李煜认错人了。

"想来你五岁时，就常出入内宫，那时你还深得钟太后喜欢[1]。你虽为周家次女，可莫要怕，你配得上做我的妻。"

你又点点头。他的嗓音低沉又迷人，你脑子开始有些不清醒。

"宫中的装饰我都按照你的喜好改了。你喜爱奢华，以后我便给你最华丽的物件。"

你心中不禁感叹，这李煜对喜欢的人真是宠爱至极。忽然，李煜拉你向月光下走去。

....
1 陆游《南唐书》卷十六："后少以戚里，间入宫掖，圣尊后甚爱之。"

坏了，这不得穿帮？

于是你用力挣开，含糊道："那个……今日有急事，改日再来。"

李煜稍稍愣了一下，随即在你身后朗声道："等等，你东西还未拿。"

东西？？？

你蒙了。

"你不知是何物？"见你未回话，李煜迟疑问道。

"知道！是……"

你急中生智，回答道：

05

浪花有意千里雪，桃花无言一队春。一壶酒，一竿身，快活如侬有几人？[1]
一棹春风一叶舟，一纶茧缕一轻钩。花满渚，酒满瓯，万顷波中得自由。[2]

眼前，衣着随意的少年李煜正歪着身子往画卷上题词[3]。他现在还未继承皇位，看起来更像个风流倜傥的富家少爷。

他抬头看见不远处站着的你，招了招手。

"你是新来的侍女？之前怎么没见过你？"他端详着你的脸，挑了挑眉。

你连忙点头，生怕穿帮。

"美人来看看，我这词写得如何？"

他声音明朗轻佻，惹得你有些不好意思。

"春风泛舟，饮酒垂钓。这首词写得潇洒快活，大有逍遥世间之感。"

---

[1] 李煜《渔父·浪花千里雪》。
[2] 李煜《渔父·一棹春风一叶舟》。
[3] 两词为《春江钓叟图》题词。

"没想到你还略知一二。"李煜看你的眼神陡然来了兴致,"还读出了点什么?"

你斟酌着开口。

"看出来您……不想争权。"

李煜半天没回话,你以为说错了话,没想到一抬头便对上他墨黑的眼。

"不错,我确实不想。"

他看着你,不像看个侍女,反倒像多年的朋友。

"我生下来便是广额丰颊,骈齿,一目重瞳子。"他拉着你坐了下来,"如此奇相,你可知是什么意思?"

你知道,这是帝王的富贵之相。

"我的兄长,太子殿下一直对我甚是防备,生怕我夺了他的太子之位[1]。可我真的无意相争,我只爱琴棋书画诗词歌赋。"李煜说罢指了指面前的画,"为了让他安心,我一直醉心山水,还自号钟山隐士……就连写词都受拘束。"

"没关系,等他即位就好了,我便可以肆意做这潇洒公子。"

你看着李煜晶亮的眸子,没告诉他太子死后,他还是做了皇上。

"以后都来陪我作词,如何?"他看向你。

还未等你回答,你便感觉一阵天旋地转。

◆ 跳转10 ◆

珠碎眼前珍,花凋世外春。未销心里恨,又失掌中身。

玉笥犹残药,香奁已染尘。前哀将后感,无泪可沾巾。[2]

李煜站在娥皇的墓前,面容憔悴,无语泪流。

你看着他哭得满是血丝的眼,递上一方帕子。

---

1 陆游《南唐书卷三·后主本纪》:"后主为人仁惠,有慧性,雅善属文,工书画,知音律。广额丰颊。骈齿,一目重瞳子。太子恶其有奇表,从嘉避祸……"
2 李煜《挽辞二首(其一)》。

李煜看见你后一怔，开口道："你看起来很面熟。"

你连忙低下头，走到一旁静默站立。

"十余年前，她说是自己有天大的福气才能嫁给朕。可惜我们的幼子夭折，连她自己也要先走一步……"[1]

"不。"一颗泪顺着李煜面颊滑落，"能娶到她才是朕的福气。朕以为寻遍天下名医，求神拜佛，衣不解带日夜照料，定能挽回她的性命。"

李煜长叹了一口气，而后不顾地上泥土，径直坐到了墓前。毫无帝王之姿，只像一位失去爱妻的寻常男子。

"你们都退下吧，我想和娥皇单独说会儿话。"

你并未走远，站在亭内看着墓前头发散乱的李煜。又哭又笑，自说自话。

正值暮春，风中飘来杏花香，你想起他们初见时的青涩模样。

"我是郑王。"

"我是周家长女。"

……

也许，你找到了李煜悲伤的原因。

获得碎片「朱颜碎」
集齐四枚碎片可开启结局

遥夜亭皋闲信步。才过清明，渐觉伤春暮。数点雨声风约住。朦胧淡月云来去。桃杏依稀香暗渡。谁在秋千，笑里轻轻语。一寸相思千万绪。人间没个安排处。[2]

桃花杏花的芬芳氤氲在庭院里，十八岁的李煜正犹豫着在原地徘徊。

---

1 马令《南唐书·昭惠周后传》："后虽病，亟爽迈如，常谓后主曰：'婢子多幸，托质君门，冒宠乘华凡十载矣，女子之荣莫过于此。所不足者，子殇身殁，无以报德。'"
2 李煜《蝶恋花·遥夜亭皋闲信步》，"渐觉"一作"早觉"，"依稀"一作"依依"。

不远处是个穿着粉红长裙的姑娘，天真无忧地荡着秋千。

终于，李煜走上前去。

"总见你在这里荡秋千……我乃郑王，你是……？"

姑娘轻盈地跳下来，有些害羞道："我是周家长女。"

看到这里你了然于心，原来这是李煜与娥皇第一次见面的时候。

"你可是有烦恼？"娥皇看着李煜深潭般的眼睛。

李煜惊讶了一下，而后点点头。

"父亲似乎想让我继承皇位，可我只爱琴棋书画。"

娥皇看着少年清俊的面庞，低下头红着脸说："不知能帮你些什么，只是你喜欢的我还算擅长。不嫌弃的话……我愿伴君琴棋。"

忽然，李煜侧头瞧见了一旁树后的你。

你眼前的场景飞快地切换起来。

你看见李煜当了皇上。他举行了盛大的皇后册封仪式，迫不及待地向全天下昭告娥皇是他的结发妻。

你看见李煜后宫佳丽三千，可独独宠爱娥皇一人。

在李煜空虚落寞的时候，娥皇都像红颜知己一般，陪他弹琴写词，二人琴瑟和鸣，羡煞世人。

直到……

跳转6

"这可是我亲手为你做的，不可以弄丢。"李煜声音认真无比。

借着月光你们看见了彼此的脸。他三十岁左右，面容清癯，下巴上有淡淡的胡茬。

忽然，你周围的场景变化起来。

……

你看见一个姿色艳丽的年轻女子，披着大红的嫁衣，盈盈立在宝殿上，旁边是英俊的君主，正深情地看着她。

你看见他们二人婚后幸福无比——李煜命人在花间修了彩画小木亭，仅仅能容纳他们两人坐。每每春暖花开，他们便赏花饮酒。还将花插遍梁栋墙壁，称为"锦洞天"。[1]

你看见年轻的周后才思敏捷[2]，常与李煜相谈甚欢，有些妙语更是逗得他忍俊不禁。

你能感觉到在这华丽的宫殿中，他们似乎是世界上最幸福的人。

虽然你只是一个旁观的宫女，可看到李煜脸上的笑容，你由衷地替他感到开心。

直到这日，你发现殿中满是酒气。

你悄悄走近，发现李煜竟在一人独饮，神色哀伤。

你不解地低下头思忖，并未看到李煜的目光正向你这边投来。

这时，你身边忽然又浮现出了两首词：

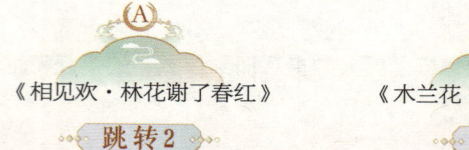

《相见欢·林花谢了春红》　　《木兰花·晓妆初了明肌雪》
　　　跳转2　　　　　　　　　　　跳转12

你发觉似乎是这些词阻挡了你们。

于是你慢慢伸出手，却突然发现这些词是可以选择的。

也许要通过这些词，才能了解他在忧伤些什么……

你大致浏览了一下，而后决定选择点击：

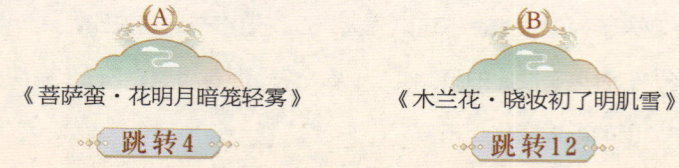

《菩萨蛮·花明月暗笼轻雾》　　《木兰花·晓妆初了明肌雪》
　　　跳转4　　　　　　　　　　　跳转12

----

1 陶谷《清异录》："李后主每春盛时，梁栋、窗壁、柱栱、阶砌并作隔筒，密插杂花，榜曰锦洞天。"

2 马令《南唐书》卷六："后主继室周氏，昭惠之母弟也。警敏有才思，神彩端静。"

10

红日已高三丈透，金炉次第添香兽。红锦地衣随步皱。

佳人舞点金钗溜，酒恶时拈花蕊嗅。别殿遥闻箫鼓奏。[1]

你看着身边浮现出的词，寥寥数语，便勾画出宫中享乐奢靡之风——现在早已日上三竿，宫殿里却四处香雾弥漫。佳人还在舞蹈，地上散落着金钗。

举目望去，已是中年的李煜烂醉如泥，可依旧在撑着宴乐喝酒。

你突然对这不理朝政，只顾玩乐的君王生出了一丝怒气。

你冲到他面前，可只是徒劳地张了张嘴，又不知该说些什么。倒是李煜抬起头来，一双醉眼望向你。

"是你？"

你惊讶于他还记得你。

"上次一别，许久未见。"

你抿着嘴站了许久，而后憋出一句："为何？"

李煜晃悠悠地支起身子："没有为何，朕本就是浪荡少爷，奢靡帝王。"

"那你就要让国家毁在你的享乐里？！"

这句满是怒火的话说出口时，你才发觉不妥，而后立刻噤声。

李煜嘴角扯出一抹笑。

"不用怕。先前有大臣扬了朕的棋子，朕都未怒。"李煜嘴角的笑意忽然发苦，"原来大家都觉得大唐[2]要亡于朕手。"

李煜将杯中的酒一饮而尽。

"这皇位传于朕时，朝廷便已是一个烂摊子。朕又何尝没有努力过……

"朕继位后，对内爱民如子，减轻税收。重仁慈，宽刑罚。每每宪司章疏出错，朕都无法安宁，需亲入大理寺审查。

"对外……"李煜声音突然一哑。

---

1 李煜《浣溪沙·红日已高三丈透》。
2 在971年后，李煜就去除了唐号，改为自称"江南国主"。

025

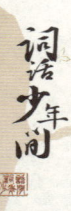

"你知道一个帝王对别人卑躬屈膝是什么滋味吗?

"那赵匡胤一直对大唐虎视眈眈,以我们的兵力,不可能与之抗衡。若是陷入战乱,我大唐定将民不聊生。所以朕自贬仪制,每有宋使到来,朕都脱去黄袍,换上臣子的紫袍。

"可众人都只道朕贪生怕死……

"只道朕……贪生怕死……"

李煜醉倒了,闭上眼不再言语,而你的周围又浮现出了两首词:

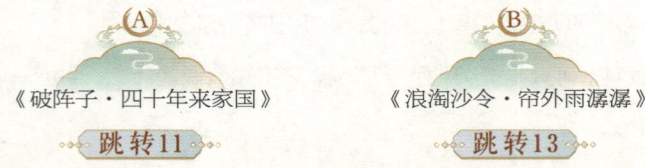

四十年来家国,三千里地山河。凤阁龙楼连霄汉,玉树琼枝作烟萝,几曾识干戈?一旦归为臣虏,沈腰潘鬓消磨。最是仓皇辞庙日,教坊犹奏别离歌,垂泪对宫娥。[1]

宋军的铁蹄最终踏上南唐宫城的玉阶。

赵匡胤高喊着"卧榻之侧,岂容他人鼾睡"[2],打到了城门下。

众人拜祖后仓皇离开,平日仙乐飘飘的乐坊,奏起离别之歌。

你四处寻觅着李煜,却看见他正站在宗庙外,安安静静地听着琴声。

"你怎么还不走!"你飞快跑过去。

"是你啊,小宫娥。"他看了你一眼,而后匆匆转过身去。

你绕到正面,看到他眼中噙着泪。

"皇上……"你不由喃喃。

"我不是皇上,是亡国之君。"

---

[1] 李煜《破阵子·四十年来家国》。
[2] 李焘《续资治通鉴长编·太祖开宝八年》:"上怒,因按剑谓铉曰:'不须多言,江南亦有何罪,但天下一家,卧榻之侧,岂容他人鼾睡乎!'铉皇恐而退。"

李煜面上出奇的平静，眼神却悲痛欲绝。那巨大的悲伤顺着他的双眸传递过来，几乎要将你压垮。

"我……是大唐的罪人。"

在四起的仓皇叫喊声和凄婉悠扬的离乐里，他不再说话，只是望着眼前的河山，似乎要将它们的轮廓都深深印进脑海。

亡国之殇，难书，难诉。

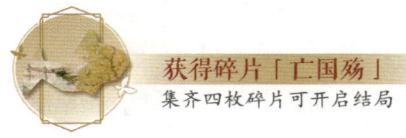

你读着浮现出的词，身边的场景陡然变换起来。

晓妆初了明肌雪，春殿嫔娥鱼贯列。

凤箫吹断水云间，重按霓裳歌遍彻。

临春谁更飘香屑？醉拍阑干情味切。

归时休放烛光红，待踏马蹄清夜月。[1]

你看着眼前与词中完全一样的景象——美人们画着精致浓艳的妆容，鱼贯而入。华丽的大殿上酒香箫声层层荡开，一众红袖在这声色里翩翩起舞，《霓裳羽衣曲》更是一直奏响从未间歇，奢靡至极。

好一幅春宫夜宴景。

你穿着宫女服，一边啧啧赞叹，一边东张西望寻找李煜。

奇怪，他怎么不在殿上坐着？于是你向外走去。

外面正下初雪，遍地银白。不远处，正有一男一女在阶前对饮。女子二十出头，皇后打扮，雪莹修容，纤眉范月。[2]男子正是李煜，看起来也是二十余岁，五官如雕

---

1 李煜《木兰花·晓妆初了明肌雪》，一作"晚妆"，《全唐诗》中作"晓妆"。
2 李煜《昭惠周后诔》。

027

刻般分明。

"这《霓裳羽衣》早已因兵乱失传[1],多亏娥皇考订旧谱,整理为新曲,才得以重现于世。娥皇真不愧为周家长女,精谙音律,通晓史书,博弈下棋……天下的女子,再没有能超过你的。"李煜的眼神炽热明亮。

"皇上谬赞了,我妹妹也很优秀。"女子浅笑一下。

"今夜落雪如画。如此美景,何不拿来你那烧槽琵琶[2]弹奏一曲?"

"不如皇上先起舞,臣妾便为皇上新谱一曲[3]。"

"好!"

二人边弹边舞,嬉笑开怀,痛饮美酒。不多时,娥皇便醉倒了。

你从一侧悄悄靠近,却看见李煜温柔地抚了抚娥皇的睡颜,而后怅然举杯望着月亮。

"别殿遥闻箫鼓奏。[4]皇上的生活,真真是奢靡。"

你正想凑近些听,却突然脚下一滑。

"你……"李煜惊讶地看着滑铲到他面前的你。

你的身旁正好浮现出了几首词。[5]

着急逃跑的你连忙点了一下:

《渔父(二首)》
跳转5

《蝶恋花·春暮》
跳转7

---

1 马令《南唐书·昭惠周后传》:"唐之盛时,霓裳羽衣最为大曲,罹乱,瞽师旷职,其音遂绝……洼淫繁手,新音清越可听。"
2 陆游《南唐书》卷十六:"通书史,善歌舞,尤工琵琶。尝为寿元宗前,元宗叹其工,以烧槽琵琶赐之。"
3 陆游《南唐书》卷十六:"后(周娥皇)即命笺缀谱……俄顷谱成,所谓邀醉舞破也,又有恨来迟破,亦后所制。"
4 李煜《浣溪沙·红日已高三丈透》。
5 两词为《春江钓叟图》题词。

13

帘外雨潺潺，春意阑珊。罗衾不耐五更寒。梦里不知身是客，一晌贪欢。

独自莫凭栏，无限江山。别时容易见时难。流水落花春去也，天上人间。[1]

五更，天气微寒。李煜衣衫单薄，正站在窗前吟词。你从身后缓缓走近，递过去了一件衣服。

李煜似乎被吓了一跳："你怎么在此？"

你随便扯了个谎："我昨日随旧宫故人来的。"

李煜许是注意力不在这，便也信了："少时遇见你，让你陪我作词，却总不见踪影，神出鬼没的。"

你不知如何解释，李煜倒也没追究。

"美人觉得我这首词写得如何？"李煜淡淡开口，语气不复年少的轻佻。

"这词比起当年，风格大有不同。原来绮丽柔靡，现在雄奇幽怨，意境深远。"你实话实说。

"原来我总觉得自己的词缺点什么，现在倒是完整了，只是没想到这完整要以亡国为代价。"

你不知该如何安慰他。

"现在我是囚徒之身，也只得在词里寻找自由了。"

你正想劝他就是因为现在被俘，所以不要什么词都写，那样会招来杀身之祸。

可李煜一身轻松地看向你，语气轻快："你说对吧？"

你愣了愣，而后终是点点头。

的确，词是他最后的自由。

跳转14

14

春花秋月何时了，往事知多少？小楼昨夜又东风，故国不堪回首月明中！

---

1 李煜《浪淘沙令·帘外雨潺潺》。

雕栏玉砌应犹在，只是朱颜改。问君能有几多愁？恰似一江春水向东流。

——《虞美人·春花秋月何时了》

今日是七夕，李煜的生辰。

他作了新词，正肆意喝酒高歌此词，声音飘出殿外很远。

见到你来，他递来一杯酒。

"我想念故国了。"他笑着说。

你却无心喝酒，只觉紧张。如此明目张胆的词，你不知道被宋太宗听见会如何。

果然不出一个时辰，宋太宗命秦王赵廷美赐牵机药。

李煜看着毒药，神情毫不惊讶，只一副早就知道的样子。

"我的词，还不错吧？"

他笑着问你，而后神情却又难过起来。

"可惜啊……没机会再写了。"

李煜将毒药一饮而尽。

风中，《虞美人》的曲调仍在婉转飘扬，响彻整个宋朝。[1]

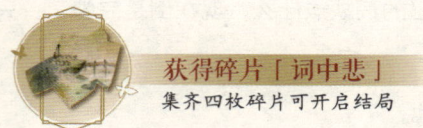

获得碎片［词中悲］
集齐四枚碎片可开启结局

----

1 宋代王铚《默记》："后主在赐第，因七夕命故妓作乐，声闻于外。太宗闻之大怒。又传'小楼昨夜又东风'及'一江春水向东流'之句，并坐之，遂被祸云。"

结局

你拿着四枚碎片，回到了一片白茫中。

你们中间的词全然消失，李煜也正望向你。

"你这不速之客，来我心里走了一遭，就是为了知道我在难过些什么？"

他笑吟吟的，似乎并不介意。

这时你才恍然大悟，原来你一直在他的记忆里穿梭。

"所以现在你知道了吗？"

你点点头，不由地安慰道："别难过了……"

李煜打断了你。

"无妨，早就过去了。"他衣袖翩跹，墨发飞舞。

"我有它们。"

一首首词重新出现，在他周围漂浮着。既像铠甲，又似华裳。

流光溢彩，灿若星辰。

晏殊

独上高楼，望尽天涯路

CIHUA SHAONIAN JIAN

文 明戈

01

红笺小字，说尽平生意。鸿雁在云鱼在水，惆怅此情难寄。

斜阳独倚西楼，遥山恰对帘钩。人面不知何处，绿波依旧东流。

——《清平乐·红笺小字》

晏殊负手而立，沉声吟诵着。

窗外夕阳渐斜，为他花白的头发染上一丝金黄。他表情淡淡的，眉宇间看不出什么情绪。

一旁来探访的友人神情却有些不解。

"这开篇便说在红笺上密密麻麻写满了思念，还化用'雁足传书'[1]与'鱼传尺素'[2]，说纵使如此这相思也无法寄出，实在惆怅。同叔这词上阕分明写足了愁绪，可为何下阕读起来却莫名带了些释然？"

----

1 出自《汉书·苏武传》："天子射上林中，得雁，足有系帛书，言武等在某泽中。"
2 出自《饮马长城窟行》："客从远方来，遗我双鲤鱼。呼儿烹鲤鱼，中有尺素书。"

晏殊看着窗外的江水,缓缓解释道:"纵使此人不见,这碧波依旧年复一年向东流淌,不曾改变。有些事物会随着时间变更,可有些却是永恒,如此窥来,就算是那些遗憾,也在时间面前也变得渺小了。"

友人似懂非懂地点点头:"与'桃花依旧笑春风'[1]一样,皆是思人之作。动景静情相互融合,音韵悠长,同叔这首真是词格甚高。"

而后他话锋一转,打趣八卦道:"只是不知道……这位故人是谁呢?"

晏殊回过头来,嘴角带了一丝礼貌的笑,并未回答。

直到友人离开后,他才重新看向江水,喃喃开口。

几只大雁却忽然振翅飞起,将他的声音淹没在秋声中。

晏殊这次被贬十年,也算是此生最久的一次了。

毕竟他可是有名的"太平宰相",顺风顺水了一辈子。

同僚都觉得他幸运,称他任职五十余年间国家无大事,他处事又圆滑平庸,得以闲散悠游一生。

天下人也尽知,这位"富贵词人"的日常就是看看景,写写离情别恨的小令。若不是行事怯懦,就是明哲保身[2],哪来这么多闲情写这些春花秋月之作。

众人也只有在茶余饭后闲谈时,才会记起一些久远的事。

晏殊天生聪慧自幼好读,加上其父晏固的熏陶,他七岁便能做文章[3],是抚州公认的神童。

景德元年,江南安抚使张知白听说了晏殊的名声,便将他推荐给了朝廷。

次年,在与千余名进士共同竞争的殿试上,晏殊"神气不慑,援笔立成"。这

---
1 尾句化用唐代崔护《题都城南庄》诗句:"人面不知何处去,桃花依旧笑春风。"
2 欧阳修《挽辞》:"富贵优游五十年,始终明哲保身全。"
3《宋史·晏殊传》:"七岁能属文。"

种毫不怯惧的姿态和成熟的行文水准，完全不像一个十五岁的孩子能有的。

宋真宗十分欣赏，立刻赐他进士出身。

两天后，朝廷又进行了诗、赋、论的复试。晏殊低头扫了一眼题目，并未作答，反而抬首道："禀圣上，这些题目在下都曾做过，请用别的题来测试我。[1]"

宋真宗看着跪在殿下的少年——他脊背笔直，眼神淡然沉稳，不卑不亢。

如此诚实又才华横溢，岂有不留下的道理？于是便授其为秘书省正字，让他留在秘阁读书。

因为勤奋刻苦，不过三年，他就升至光禄寺丞。

如此少年得志，自是风光无限。可晏殊却半点儿骄傲都没有，依旧勤勉努力，工作也是兢兢业业。

在别人都花天酒地的时候，晏殊最大的乐趣不过是看看清新质朴的自然景色。

燕子来时新社，梨花落后清明。池上碧苔三四点，叶底黄鹂一两声。日长飞絮轻。巧笑东邻女伴，采桑径里逢迎。疑怪昨宵春梦好，元是今朝斗草赢。笑从双脸生。

——《破阵子·燕子来时新社》

新社日[2]燕子飞回，梨花落时又逢清明。池中几点苔草碧绿，叶间鸣叫的鹂鸟鹅黄，飞絮萦绕在左右。少女们巧笑倩兮，是昨夜做了好梦吗？原来是斗草赢了，难怪双颊满是娇憨的笑意。

晏殊站在旁边，宛如一个画家般涂涂抹抹。"黄鹂""飞絮""碧苔"……这些稀松平常的字词，在他的手里被排列组合，最后变成一幅清丽明媚的画卷。

若不说明，谁能想到这个衣着普通，言语质朴，坐看景色的少年是朝廷官员。

不过此时，命运似乎看不惯他仕途的顺利，于是向这个"幸运"的少年讨了些代价。

晏殊21岁时，他的弟弟晏颖在家中突然去世。一年后，发妻李氏又猝然病逝。

次年，父亲晏固也离世了。

1《宋史·晏殊传》："复试诗、赋、论，殊奏臣尝私习此赋，请试他题。"
2 新社即春社，时间在立春后、清明前，古代祭土地神的日子。

家人的接连去世令晏殊悲痛欲绝。

他回到临川为父亲服丧，可服丧期还未满，真宗便将他召回。随后晏殊奉诏编修宝训，忙碌到想陪陪同样悲伤的母亲都没有时间。

终于，在他25岁这年，命运夺走了他最后一个至亲。

母亲去世后，晏殊上奏请求服丧结束后再任职，但并未被允许。

没过不久，晏殊便被调太常寺丞，官居从五品。

命运似乎在披着黑袍嘲笑这个年轻人。

"你真是一个顺风顺水的幸运儿。"

此时的晏殊不知是被繁重的工作压得没时间悲伤，还是这悲伤过于巨大，令他窒息到无法全部发泄出来。

槛菊愁烟兰泣露，罗幕轻寒，燕子双飞去。明月不谙离恨苦，斜光到晓穿朱户。

昨夜西风凋碧树，独上高楼，望尽天涯路。欲寄彩笺兼尺素，山长水阔知何处？

——《蝶恋花·槛菊愁烟兰泣露》

虽然晏殊与李煜一样，词风都受到"花间派"与冯延巳的影响，但他的词中少有后主那样庞大的情绪。

昨夜西风凋碧树，独上高楼，望尽天涯路。

晏殊诉说的离恨与愁苦，悲伤与孤独不过于此——西风凛冽肃杀，绿叶凋零殆尽。独自一人登上高楼远眺，道路消失在天涯尽头。想寄一封信，可纵使山河远阔，又能寄给哪处人间烟火？

没有悲怆到极点的描写，晏殊作为一位婉约派词人，只是移情于景，用淡然含蓄的言语表达他的情绪。

可即便如此，也能清清楚楚感受到那股渺茫的、藏在辽阔下的忧伤。

05

亲人的离世带给晏殊的除了悲痛，剩下的便是让他学会了珍惜当下。

一向年光有限身，等闲离别易销魂，酒筵歌席莫辞频。

满目山河空念远，落花风雨更伤春，不如怜取眼前人。

——《浣溪沙·一向年光有限身》

晏殊在温婉的词句中展现了哲学的理性态度，一切都会随时间逝去，唯有把握住眼前的才有意义。

而眼下，晏殊只想做一个好官。

天禧二年，真宗第六子赵受益被册立为皇太子，改名赵祯，晏殊也迁升为户部员外郎，兼太子舍人。

晏殊被丢进官场时不过15岁，宦海波谲云诡，没人念他年少，也没人教他如何生存。

晏殊能做的，也是他唯一知道的事，便是正直清廉。

伴读太子期间，晏殊的态度忠正严厉，丝毫不因为其太子的身份就谄媚奉承。也正因为如此，皇上又任他知制诰，两年后，升翰林学士，充任景灵宫判官，兼判太常寺。[1]

连连升迁并未使晏殊骄纵，他一如既往地谨慎。每次真宗遇到问题向他询问，都会写在一方纸片上，晏殊会在另一张纸上回答，而后仔细地将两张纸封好一并呈上。[2]真宗问他为何不像其他士大夫一样玩乐，晏殊也是实话道并非不想，手头不宽裕而已。

他这份近乎愚笨的耿直为帝王所欣赏，也令他在赵祯即位时有了话语权。

仁宗年纪还小，尚不能主事，宰相丁谓与刘太后都想独揽大权。

两人僵持不下时，晏殊提出"垂帘听政"的建议，为双方势力寻了个中间地带，这件事才算完美解决。后来，刘太后因晏殊是旧臣，便升任他右谏议大夫兼翰林侍读学士，又命他为仁宗讲学。

朝野中却对晏殊有了一种声音——圆滑世故，趋炎附势。

---

[1]《文忠集卷二十二·赠司空兼侍中晏公神道碑铭》："……迁翰林学士，充景灵宫判官、太子左庶子，兼判太常寺、知礼仪院。"
[2]《宋史·晏殊传》："帝每访以事，率用方寸小纸细书，已答奏，辄并稿封上，帝重其慎密。"

晏殊向来不在意别人的评价。

况且他在官场独自沉浮这么多年，何尝不知道中庸和维稳，是最不讨喜的解决办法，因为这意味着自己没有站队。

可他就是不愿意妥协，哪怕自己处于第三阵营。

花不尽，柳无穷，应与我情同。觥船一棹百分空，何处不相逢。

朱弦悄，知音少，天若有情应老。劝君看取利名场，今古梦茫茫。

——《喜迁莺·花不尽》

晏殊唯有在和友人告别的时候，才难得显出一丝无奈与痛苦。虽说是在劝慰友人，可更像是在告诉自己，这腥风血雨、派别倾轧的宦海，不过恍然一梦罢了。

天圣五年，"趋炎附势"的晏殊因认为张耆不能胜任枢密使一职，在朝堂上公然与刘太后抗衡，结果被弹劾贬为地方官。[1]

即便是被贬期间，他也不曾悠闲，而是大力扶持应天府书院，还聘用了范仲淹前来教学，更是培养了无数人才。

回朝后，还因百姓劳役过重，接连递交《场务不得妄增课利》《差剩员兵士代百姓充驿子》等书，希望便民轻赋。

明道二年，太后去世，仁宗亲政。面对西北李元昊称帝，晏殊一连上奏四条建议，以加强军备。

庆历二年，晏殊正式被封为宰相。

而此时，朝廷中也悄然划分了新旧两派。范仲淹、欧阳修和富弼等被晏殊亲手提拔上来的人，都憋着一股劲要改革。

仁宗虽然也想大刀阔斧地改革，可又禁不住保守势力的抗衡。

既然改得生硬，那便是不到改的时候。面对这样的情况，晏殊从大局出发，继续做出了维稳谨慎的选择。

朝中最忌讳朋党，可欧阳修却倚着革新大论朋党，晏殊为了保护他，不得不将其外放河北。

1《宋史·晏殊传》："陕西方用兵，殊请罢内臣监兵……悉罢还度支。悉为施行。"

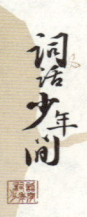

这却惹恼了晏殊的新派门生。

于是他们借着撰修李宸妃墓志[1]等事，弹劾晏殊，导致他被贬罢相，出知颍州。

07

高楼之上，被贬的晏殊看着东流的江水，轻声开口。

"人面不知何处……

"这故人，又岂不是曾经的自己呢？"

十年了。

他已离开京城十年了。

08

一曲新词酒一杯，去年天气旧亭台。夕阳西下几时回？

无可奈何花落去，似曾相识燕归来。小园香径独徘徊。

——《浣溪沙·一曲新词酒一杯》

晏殊送别前来参加宴席的宾客，独自去了前往赏景的亭台。

想来自己以前最喜欢举办宴席，虽不隆重，可不巧的是，有次正值边患爆发，因此被欧阳修写了首讽诗[2]。最后欧阳修被赞誉忧国忧民，自己倒落得个富贵闲相的名声。

晏殊轻笑一声，摇了摇头，看向亭台景色。

这里的天气与去年今日一样好。

花开花落，燕来燕往，一些事物消失了，但总会有新的事物取而代之。

一切都在周而复始，时光在流逝，可又像从未流逝。

晏殊喜欢在诗里加入自己的思考，而不只是单单写景怀人。只是又有谁能读懂其中的意味？正如无人能读懂这么多年的自己。

....

1 《宋史·晏殊传》："孙甫、蔡襄上言：'宸妃生圣躬为天下主，而殊尝被诏志宸妃墓，没而不言。'"
2 《晏太尉西园贺雪歌》。

罢了罢了。

晏殊站起身,在这小小园子的香径上,散着步赏起花来。

09

直到患病,晏殊才得以重新回到京城求医。

他毕竟是皇上的老师,仁宗仍以宰相的规格待他,也有良医在侧。

可次年正月,他仍然病重。

仁宗听说了想去探望他,晏殊却说:"臣老疾,行愈矣,不足为陛下忧也。"

我这是老毛病,马上就康复了,不值得您担心。

10

可不过几日,晏殊便病逝了。

晏殊一生清廉,"殊性刚简,奉养清俭"[1],世人却说他富贵乐宴。

用尽全身气力维稳、顾全大局,却被说成怯懦胆小、一身媚骨。

世人声声"太平宰相"的称呼下,又可曾窥见他的无奈?

晏殊倒总是一副凡事看透的样子,如他的《珠玉词》一般,浅浅的哀伤后尽是温润与淡然。

"须信道,人间万事何时了。"[2]

人世间的万事是永远不会结束的,所以一切无妨。

晏殊叹了口气,收敛起所有情绪,笑着闭上了眼睛——毕竟这"太平宰相",太平的不只有我,还有大宋啊。

1《宋史·晏殊传》。
2 晏殊《渔家傲·画鼓声中昏又晓》。

晏几道

当时明月在，曾照彩云归

CIHUA SHAONIAN JIAN

文 明戈

01

至和元年，沈家。

红烛摇曳中，四位美艳的歌伎舞得环佩叮当，歌声洋洋盈耳。

席间坐着三个男子，除去两个年纪稍长，剩下的是个英俊秀颖的少年，面如冠玉，身着华贵的月白竹纹圆领锦袍，正斜靠在座位上看着眼前的美人。[1]

曲毕，沈十二廉叔举杯看向少年："叔原觉得这四位美人如何？"

少年笑道："自是甚好。"

"早闻叔原天资聪慧，文采斐然。何不现场作词一首，让她们唱来听听？"

少年一勾嘴角。

"拿笔来。"

不多时，一首词便跃然纸上。

蕙心堪怨，也逐春风转。丹杏墙东当日见，幽会绿窗题遍。

---

[1]《小山词·序》："始时沈十二廉叔、陈十君龙家，有莲、鸿、蘋、云，品清讴娱客。每得一解，即以草授诸儿。吾三人持酒听之，为一笑乐而已。"

眼中前事分明，可怜如梦难凭。都把旧时薄幸，只消今日无情。

——《清平乐·蕙心堪怨》

女子的芳心满是怨恨，随着春风流转而变化了。二人常在东墙约会，以前的欢乐也都记得，可一切又像梦般无凭无据。她现在的无情，正与我先前的薄情相抵消……

少年将词递给歌女，只见她们先是惊叹这词竟如此之好，而后娇笑着靠近少年。

"不知公子负了哪家姑娘？"

少年摆摆手："作词而已，勿要对号入座。"

歌女们听罢簇拥到少年身边娇嗔起来。

"那公子可莫要负了我们。喏，敬公子。"说罢酥手捧玉钟。

女子们挨得极近，少年面上一红，而后举起酒杯一饮而尽。

【系统提示】：恭喜晏家七少爷喜提四个绯闻女友。

02

谁也不知道晏几道的女朋友有几个，但大家都知道他出手极其阔绰，从不亏待她们，还时不时为她们量身作词。

如此搭银子又搭词的富二代行为，他爹晏殊并不管，基本睁一只眼闭一只眼。

要知道晏殊作为当朝宰相，对自家子女的要求都严格的不得了。[1]

因为晏几道出生时他已经快五十了，属于老来得子，加上晏几道实在是太过聪慧，在文学方面深得晏殊真传。

所以晏少爷基本是全家从小宠大的，想干什么干什么，想买什么买什么。

"金鞭美少年，去跃青骢马。牵系玉楼人，绣被春寒夜。

消息未归来，寒食梨花谢。无处说相思，背面秋千下。"

——《生查子·金鞭美少年》

在词中，晏几道写着少年手扬金鞭骑上骏马，肆意逍遥、绝尘而去的景象，屋里仅剩下年轻的妻子，在如水的凉夜里思念丈夫，度过几多春寒。

结尾更是引用李商隐的"十五泣春风，背面秋千下"，表明那本充满欢笑的秋千下，

---

[1]《晏公神道碑铭》："其于家严，子弟之见有时，事寡姊孝谨，未尝为子弟求恩泽。"

041

现在徒留相思。

友人："……不会这金鞭少年是你吧？"

晏几道（满意点头）："正是在下。"

友人："你又没有妻子。"

晏几道："可我有很多爱慕我的人。"

友人（无语）："……"

晏几道仰仗着自己的文学天赋，肆意写着言情之作、爱情之词。

他的六个兄长接连步入仕途，自己有才有颜还有钱。晏几道有时候甚至都会反问自己：如此赢家剧本，我还努力什么？

答：努力浪。

03

不过其实这也不怪晏几道，北宋那时正有厚待官吏的政策，所谓"多积金，市宅田以遗儿孙，歌儿舞女以终天年"[1]，晏几道自然跟着其他人宴乐。

直到至和二年，晏殊去世了。

多亏他给儿子留下的万贯家财，致使晏几道的生活水平也没怎么下降。他继续与黄庭坚、沈廉叔等一个圈子里的少爷们过着风流生活，日日同绯闻女友们潇洒。

第一次让晏几道真切感受到父亲的庇荫不再，是许久后的一件事。

熙宁七年，王安石变法正如火如荼。

晏几道有个朋友叫郑侠，是个清廉无比的好官，早期与王安石关系也相当不错。不过当他看到因变法而流离失所的百姓时，立刻进《流民图》反对变法，结果因此获罪，被交付御史台。

郑侠的政敌们去他家中大搜特搜，看是否有更多证据，不想竟搜到一首晏几道的诗。[2]

---

1 《宋史卷二百五十·石守信传》。
2 赵令畤《侯鲭录·卷四》："熙宁中郑侠上书，事作下狱，悉治平时所往还厚善者。晏叔原亦在数中。侠家搜得叔原与侠诗云……"

小白长红又满枝，筑球场外独支颐。

春风自是人间客，主张繁华得几时？

——《与郑介夫》

朝中得意的新贵们，像开满枝头的红白花朵，唯有晏几道在球场外手托下巴，凝神思考。这革新变法如春风一般到来，可又能维持这花开多久呢？

全诗看似在写晏几道感慨春景，可地址却选用了"筑球场外"。筑球在宋代是相当流行的一种竞技比赛，而这种竞技与朝中的新旧党羽之争十分相像，讥讽的意味也油然而生。

当时晏家在政治上更倾向于旧党，由于熙宁变法，两位姐夫和众多门人都接连被贬。

这些新党人正愁没把柄对付晏几道，便发现了这首诗。于是他们欢喜万分地将诗呈了上去，以讽刺新政反对改革之名，逮捕了晏几道，将他下入狱中。

监牢脏破不堪，向来爱干净的晏几道衣服上满是污迹，狱卒更是对他吆五喝六，大声呵斥。

后来还是宋神宗为晏几道说话，他才被放了出来。[1]

就此，曾经锦衣玉食的晏少爷真正走入充满风霜雨雪的人间。

04

晏几道也不是一点政治抱负都没有的，只是他作为一个纯粹的文人，尤其还生在官宦人家，见多了官场黑暗，所以不屑入仕。

可如今经过一番动荡，曾经殷实的家底也已所剩无几，于是他不得不走入仕途。

无奈他丝毫不懂人情世故，晏殊留给他的巨大人脉网，也逐渐支离破碎。

好在命运还是给了他机会的，此时恰逢皇帝诞辰，晏几道因为文采斐然，应诏作词。[2]

---

[1] 赵令畤《侯鲭录·卷四》："裕陵称之，即令释出。"
[2] 黄升《花庵词选》："庆历中，开封府与棘寺同日奏狱空，仁宗于宫中宴乐，宣晏叔原作词，大称上意。"

碧藕花开水殿凉。万年枝外转红阳。升平歌管随天仗，祥瑞封章满御床。

金掌露，玉炉香。岁华方共圣恩长。皇州又奏圜扉静，十样宫眉捧寿觞。

——《鹧鸪天·碧藕花开水殿凉》

其中碧藕乃是仙人所食之藕，而万年枝则是冬青[1]。红绿形成明艳的视觉色彩冲击，首句又有飘缥缈仙殿之感。后面又写举国恭贺庆祝皇上的诞辰，皇恩浩荡，祝皇上寿比天长。

此词一出，立刻赢得了的皇上的欢心。

可或许因为晏几道乃旧相之后，皇上不能过于偏心，又或者是晏几道自己也不想凭借溜须拍马为官。总之此事后，他依旧只是个小小的官员，事业也没什么大起色。

晏几道此时的内心是十分纠结的，他虽然有抱负，但骨子里又有甩不掉的文人清高和前贵族生活带来的孤傲。

这时，一个他很欣赏的人走入了他的视线——韩维。此人曾为淮扬郡王府记室参军，后因和王安石观点不合，迁任了几个州，还曾是父亲的弟子。

晏几道忽然觉得自己的抱负有望，于是第一次鼓起勇气，自愿提笔为他人献词。

铜虎分符领外台。五云深处彩旌来。春随红旆过长淮。

千里裤襦添旧暖，万家桃李间新栽。使星回首是三台。

——《浣溪沙·铜虎分符领外台》

全词气势磅礴，意气风发，一改先前的莺燕之感，更是用了"襦裤之歌"[2]和潘安桃花县令的典故，赞扬韩维是个为民着想的好官。

可这篇肺腑之作换来的不是韩维的赏识。

"盖才有余，而德不足者。"[3]

韩维不仅拒绝了晏几道，还评价他德行差，希望他能好好努力，不要辜负晏殊

1《复斋漫录》："晏元献诗：'万年枝上凝烟动，百子池边日月长。'万年枝，江左人谓之冬青。"

2《后汉书》卷三一《廉范传》："廉范任蜀郡太守，有政绩，百姓作歌颂之：'廉叔度，来何暮？不禁火，民安作。平生无襦今五裤。'"

3《邵氏闻见录·卷十九》："得新词盈卷，盖才有余而德不足者，愿郎君捐有余之才，补不足之德，不胜门下老吏之望。"

和他这个门下老吏的期待。

晏几道十分难过:"此处不留爷!爷……爷就走!"

05

自这一重大打击后,晏几道想通了,也不纠结了,开始随性当官。不过因为他未参加科举,所以官职都不大,但他也乐得悠闲。

雕鞍好为莺花住。占取东城南陌路。尽教春思乱如云,莫管世情轻似絮。

古来多被虚名误。宁负虚名身莫负。劝君频入醉乡来,此是无愁无恨处。

——《玉楼春·雕鞍好为莺花住》

自古以来多少人都被虚无缥缈的功名利禄捆绑,与其负了自己,不如负那些虚名。快一起举杯畅饮吧,这迷醉之乡,才是无愁无恨的地方。

于是,晏几道开始重新投入花酒场所,写着言情诗词。

与旁人不同的是,他的词并非花前月下的敷衍词,每一首都是或从那些女子,或从自己角度出发的真挚深婉之作。词风上,他继承了父亲的典雅富贵,又融合了柳三变的旖旎柔情,最终形成自己"清壮顿挫,能动摇人心"的风格。

虽然晏几道的政治才能一般,作词方面却宛如开了挂。不为仕途所累后,他还编写了词集《小山词》。

后来由于他的词,尤其是小令,全国无出其右,所以他也颇负盛名。

不过晏几道并不在意这些,他只是沉浸在自己的世界里,不受任何拘束地,写着近痴带狂的爱情。

虽说晏几道现在不贫苦,可也不富裕。所以那些曾经围着他的歌女舞姬都一个个离去了。晏几道十分悲伤,常作词怀念她们。尤其是少年时就结识的莲、鸿、苹、云。

彩袖殷勤捧玉钟。当年拚却醉颜红。

舞低杨柳楼心月,歌尽桃花扇底风。

从别后,忆相逢。几回魂梦与君同。

今宵剩把银釭照,犹恐相逢是梦中。

——《鹧鸪天·彩袖殷勤捧玉钟》

"那红酥手连连捧杯向我劝酒,我喝醉了也红着脸拼着咽下。杨柳枝,楼心月,旖旎歌,桃花扇。多么美好的场景啊。可离别后,只能在梦中相见。"

晏几道毫不掩饰自己的深情与怀念,甚至还为她们每个人专门作词。

柳下笙歌庭院,花间姊妹秋千。记得春楼当日事,写向红窗夜月前。凭谁寄小莲。

绛蜡等闲陪泪,吴蚕到了缠绵。绿鬓能供多少恨,未肯无情比断弦。今年老去年。

——《破阵子·柳下笙歌庭院》

每每午夜梦回,晏几道都会想到她们,想到春楼的花前月下。可提笔写下思念,又不知谁能转达。

晏几道以为她们也会同样思念自己,毕竟当年有过那么多美好的回忆。

可现实是残酷的,这些美丽的女子只是爱他的万贯家财而已。这就是这行默认的规矩——君为游戏人间客,我亦逢场作戏人。

可独独晏几道,把那些风月里的娇嗔当了真。

06

宋哲宗元祐初年,由于晏几道词名过盛,名噪一时的苏轼都登门求访。

如此难得的机会,可晏几道却拒绝了,称:"今政事堂中半吾家旧客,亦未暇见也。"[1]

现今朝堂上一半都是我家曾经门客,他们我都没时间见,更不用说你了。

崇宁四年,开封府两经狱空,晏几道转一官,此时权势极盛的蔡京求他作长短句。[2] 晏几道眼都没抬,草草写了几笔。

九日悲秋不到心。凤城歌管有新音。风凋碧柳愁眉淡,露染黄花笑靥深。

初见雁,已闻砧。绮罗丛里胜登临。须教月户纤纤玉,细捧霞觞滟滟金。

——《鹧鸪天·九日悲秋不到心》

全词不仅只字与蔡京无关,甚至还带了一丝讽刺的味道——即便人人悲秋,可

---

1 陆友仁《砚北杂志》。
2《碧鸡漫志》卷二:"叔原年未至乞身,退居京城赐第,不践诸贵之门。蔡京重九、冬至日遣客求长短句,欣然两为作《鹧鸪天》,竟无一语及蔡者。"

无论如何也轮不到您。您就只管权势滔天，享受宴乐便好。

那凄风愁苦，都是我们老百姓的事。

所以晏几道真的没机会做官吗？

其实他有的是机会。

可他偏偏宁为歌女挥泪作词，也不违心为权贵附和半分。

07

大观四年，晏几道辞世。

好友黄庭坚在《小山词·序》中这样评价他："生平四大痴绝处——仕宦连蹇，而不能一傍贵人之门，是一痴也；论文自有体，不肯作一新进士语，此又一痴也；费资千百万，家人寒饥，而面有孺子之色，此又一痴也；人百负之而不恨，己信人，终不疑其欺己，此又一痴也。"

明明官宦之家，明明文采斐然，却不寻枝攀附，也不科考求名。家财万贯，明明被人欺骗，却依旧选择相信。

晏几道的一生，便是这个"痴"字。

由世人看来，这痴是傻，是蠢。

可在他自己看来，这痴是随心，是睥睨，是至真至诚。

所以那些"明明"也罢，"本可以"也罢。

凡此种种……

你道该是不该？

欧阳修

把酒祝东风，且共从容

CIHUA SHAONIAN JIAN

文 长街不送我

幼学十年
YOUXUESHINIAN

"人生十年曰幼，学。"[1]

幼学前的十年，欧阳修已经没有了多少记忆。只记得四岁那年的某一天，家中多了很多人，抬头看去，白底黑字的灯笼和对联挂满了整个住所，黄色的纸钱随着手的扬起在天上飘着。一群大人的肃穆和母亲的哭声好像还有印象，但是躺在架子上大大的木盒子里的那个称为父亲的人的形象却慢慢模糊。随后，就跟着母亲前往随州投奔叔父。

---

[1]《礼记·曲礼上》郑玄注："名曰幼，时始可学也。"因称十岁为"幼学之年"。

寄人篱下与家境贫寒，使欧阳修用不起纸和笔，只能在沙地上用荻杆学写字。就是在这样困苦的情况下，欧阳修进入了他留有记忆的幼学十年。

纸和笔都用不起，更不用说买书了。但尽管买不起书，也不能浇灭欧阳修读书的热情。既然买不起，那就借来看。

欧阳修还记得，在随州的藏书大户家发现《昌黎先生文集》时的喜悦。在追求骈文华丽文风的当时，《昌黎先生文集》中的一篇篇文章无疑是给欧阳修打开了新的大门——"苦志探赜，至忘寝食，必欲并辔绝驰而追与之并"[1]。文风改革、复古运动的种子，在他一篇篇阅读《昌黎先生文集》的时候就已经悄然种下。

记得母亲曾对他说过，父亲时常在半夜处理公文时为那些不该被处死的死囚而叹息。尽管父亲的形象已经模糊，但是那个伟岸的身影依旧存在于他的记忆中。他也想要成为像父亲那样执政为民的好官。

学有所成，他则去参加科举。天圣元年，17岁的欧阳修初次参加科举，应试未中。天圣四年，欧阳修再次参加科举，却又未中。

这幼学十年，前半在发奋苦学，后半则在名落孙山。但仅仅是几次的科举未中，又怎能磨灭欧阳修的斗志？

弱冠十年

天圣七年，经历了前两次的失败之后，欧阳修在国子学的广文馆试、解试和礼部的省试中连续获得第一名，成为了监元、解元和省元。

天圣八年，殿试，唱甲科十四名，进士及第。一波三折，达成所愿。欧阳修终是踏入了官场。

中了进士之后，欧阳修被任命为西京推官。担任西京推官的这段时间里，他结识了尹洙、梅尧臣等青年才俊，也在与这些好友的诗歌互和中逐渐名扬天下[2]。上司

---

[1]《宋史·欧阳修传》。
[2]《宋史·欧阳修传》："始从尹洙游，为古文，议论当世事，迭相师友，与梅尧臣游，为歌诗相倡和，遂以文章名冠天下。"

的赏识与优待，让这些年轻人能够在工作之余有时间进行文学创作。他们所创作的内容，并非当时文坛所推崇的卑靡拘谨的骈文，而是打破这种陈腐文风效法前人所做的"古文"。大概也就是从这个时候起，北宋的文风开始被欧阳修一点点地改变了。

欧阳修对这十年的回忆似乎格外清晰。

景祐元年，27岁，欧阳修入朝担任馆阁校勘。

景祐三年，范仲淹进献《百官图》，并对当时的朝廷用人制度提出尖锐的批评，朝野震动。范仲淹的直谏得罪了当朝宰相，在其与宰相的辩驳中因言辞激烈而遭到贬官。欧阳修开始明白改变文坛风气固然重要，但从政为民、为官以忠也很重要。

以往那个在西京洛阳游山玩水、吟诗著文的欧阳修不见了，而那个在沙地上用荻笔写字的孩童站了起来，同样的笔，如今化作了利刃砍向结党营私的贪腐官员。

欧阳修开始提笔写信，这封信，写给那个说要黜除范仲淹的左司谏高若讷，信中直问："你还知道这世间有羞耻二字吗？"[1]

范仲淹正言直谏的孤勇、尹洙共赴患难的义气，都让欧阳修知道，他应该站出来。经此一事，欧阳修被贬夷陵。

虽然被贬，但他也并不后悔，在前往夷陵赴任的马车上，幼时背过的那句"亦余心之所善兮，虽九死其犹未悔"[2]一直在脑中响起。

这改变文风伊始与初次被贬的十年，就这么从欧阳修的脑中划过。

下一个十年，还在继续。

而立十年

庆历三年，欧阳修为集贤校理，兼掌谏院[3]。就在这一年，皇帝宋仁宗锐意进取，开始任用贤臣。

---

[1]《宋史·欧阳修传》："范仲淹以言事贬，在廷多论救，司谏高若讷独以为当黜。修贻书责之，谓其不复知人间有羞耻事。"
[2] 屈原《离骚》。
[3]《宋史·欧阳修传》："久之，复校勘，进集贤校理。庆历三年，知谏院。"

也是这一年，范仲淹等人针对当时朝廷贫弱局面发起的"庆历新政"也轰轰烈烈地展开了。欧阳修作为改革的干将自然也参与其中。

所有的改革都不是那么容易就能完成的，"庆历新政"也是如此。有改革者，必然就有被改革者。而欧阳修他们所做的事，每一条每一款，无疑都会触动那些既得利益者的蛋糕。

但欧阳修知道自己应该为百姓做些什么。在仁宗询问治国执政之事的时候，他权衡利弊耐心解答；在改革受阻的时候，他直言上书阐明要害。欧阳修在用自己的努力推动着改革的进行，也在一点点地使朝廷贫弱的局面得到改善。

然而，被触动了利益的保守派对此并不会善罢甘休。欧阳修、尹洙和余靖等人，因景祐三年为范仲淹被贬一事仗义执言而被污蔑为朋党。

"朋党"——多么带有目的性的污蔑，面对这种污蔑，欧阳修毫不畏惧。青年时，欧阳修即以文章名扬天下，如今被污蔑为朋党，那就写一篇《朋党论》，来让这些宵小之徒看看，什么是朋党！

"臣闻朋党之说，自古有之，惟幸人君辨其君子小人而已。大凡君子与君子以同道为朋，小人与小人以同利为朋，此自然之理也。然臣谓小人无朋，惟君子则有之……"[1]

一篇《朋党论》，看得出欧阳修的才华不减当年。而他，也得到了"论事切直"的赞誉[2]。

虽然欧阳修已经很努力地去推动改革的进行，但是很多时候，很多事情往往不会朝着我们所希望的方向发展。

两年后，庆历五年，朝野上下对新政的反对声越来越大。范仲淹、富弼等改革干将也相继离开了京城。

可欧阳修不忍眼睁睁地看着这持续了一年多的改革就这么潦草收尾。为朝廷、为苍生，欧阳修再一次慷慨上书，而这无疑再一次得罪了朝中的奸佞小人。

在他们的诬陷下，欧阳修被贬为滁州太守。在这而立十年的末期，贬官又至。

---

[1] 欧阳修《朋党论》。
[2] 《宋史·欧阳修传》："修论事切直，人视之如仇，帝独奖其敢言，面赐立品服。"

不惑十年

欧阳修在滁州太守的位置上待了两年，两年之后又调任他处，两年又两年，不觉间，欧阳修已经离京在外十二年了。十二年的在外任职，熬白了欧阳修的头发。

那个曾经写出"去年元月时，花市灯如昼。月上柳梢头，人约黄昏后"[1]的公子，如今也露出了老态。

可有些小人，并不会因为欧阳修在外十二年就放松对他的警惕。他们害怕，害怕欧阳修再一次得到重用，害怕欧阳修将中断的"庆历新政"拾起。

于是他们伪造了欧阳修的印章，以他之名上书要求清洗宦官中谋私利的人，而这一举动无疑又使欧阳修得罪了宦官集团。宦官与那些宵小之徒则联合起来陷害欧阳修。

所幸，这次的结局并没有太坏，皇帝只是让他去修撰《唐书》。[2]

嘉祐二年，欧阳修主持礼部进士考试。在当时，语言晦涩难懂的"太学体"风靡一时。那些文字浮薄却又喜欢标榜自己的士子们，往往在应试的时候都喜欢以"太学体"作答。可欧阳修不惯着他们，所有"太学体"皆不予录取。

当朝的文风，应该变一变了。

尽管那些推崇"太学体"的浅薄学子聚集在他马前闹事，但这又如何，欧阳修十分硬气。

自此之后考场的文风开始改变。

知天命十年

转眼，他五十岁了。

这大半生就这么过去了。从西京洛阳写古文，到考场改变文风，从庆历新政到

---

[1] 欧阳修《生查子·元夕》。
[2] 《宋史·欧阳修传》："小人畏修复用，有诈为修奏，乞澄汰内侍为奸利者。其群皆怨怒，谮之，出同知州，帝纳吴充言而止。"

数次贬官。

欧阳修在这前五十年，经历了科举不中、被诽谤诬陷和贬官调任。

那个曾在沙地上用荻杆学写字的小孩，心底的那颗"文体改革、执政为民"的种子也已经长成一棵不惧风雨的大树。

可无论他做了什么事，总是会有人跳出来指责。

英宗在欧阳修的建议下尊生父濮王为皇，而御史吕诲等人却借此诋毁欧阳修。可结果却让吕诲等人自己受到了贬逐。

在当时的京城官场，几乎所有人都认为蒋之奇是奸邪小人，只有欧阳修对事不对人，站出来举荐蒋之奇为御史。可有的时候，群众的眼睛是雪亮的。

蒋之奇在被举荐之后，想要摆脱自己"奸邪小人"的标签。恰逢此时，欧阳修的内弟污蔑欧阳修在男女关系上有问题，蒋之奇借此机会，上书弹劾欧阳修。宋神宗刚刚即位，就收到了这封弹劾。

可是这事起于谣言，查来查去只发现并无此事。

自己举荐的人却反手弹劾自己。

经此一事之后，欧阳修自请辞退，离开京城这个是非之地。

终了

诋毁与诬陷，对于欧阳修来说也已经是见怪不怪了。宦海沉浮，他几经贬官，可他仍留有一腔孤勇，用自己的直言，来做对的事。哪怕是有陷阱在前，他也会奋不顾身地踏上去。

这就是欧阳修，那个"醉翁之意不在酒，在乎山水之间也"[1]的欧阳修；

那个"乐其地僻而事简，又爱其俗之安闲"[2]的欧阳修；

那个感叹"草木无情，有时飘零。人为动物，惟物之灵"[3]的欧阳修。

1《醉翁亭记》。
2《丰乐亭记》。
3《秋声赋》。

这所有的安闲与宁静，在朝堂之上、在与诋毁诬陷做斗争时，都化作了欧阳修的勇。

熙宁四年，六十五岁的欧阳修告老还乡，居于颍州。

回想着这六十五年的过往，他在无数的诋毁诬陷中沉浮，却依旧不改其忠勇的本色。只是他觉得有点累了。

熙宁五年，六十六岁的欧阳修辞世。北宋夜空中的一颗璀璨的星，灭了。

而经文体改革、复古运动所点亮的千万颗星亮起，他们的故事还在继续。

范仲淹

已识乾坤大，犹怜草木青

CIHUA SHAONIAN JIAN

文 顾闪闪

要聊范仲淹，首先要从他的谥号"文正"说起。

所谓谥号，乃是古代社会的一种评价机制。每当朝中的大臣去世并被打包装盒之后，朝廷会根据他们的功劳和德行进行分拣，唯有那些站在人类金字塔顶端、对国家有极大贡献的人物才能被选中，由国家授予无比光荣的标签，贴在他们的脑门上，作为后世点评人物的核心标准，光宗耀祖。

这个"标签"，就被称为谥号。

了却君王天下事，赢得生前身后名。[1]

自古以来，多少名士才子，倾其一生为朝廷抛头颅洒热血，鞠躬尽瘁，终极愿望就是希望自己死后，也能拥有一个响亮的谥号。

越高规格的谥号，就越难取得。譬如北宋著名政治家夏竦生前封英国公，官至

---

1 辛弃疾《破阵子·为陈同甫赋壮词以寄之》。

055

枢密使，入朝拜相，死后被拟定谥为"文正"时，就遭到了朝中大臣的质疑反对。

司马光上奏说文正是"谥之极美，无以复加"，话里话外就是英国公不配，夏竦也因此改谥"文庄"。

然而，范仲淹却能得谥号"文正"。

经天纬地，道德博闻曰"文"；内外宾服，直道不挠曰"正"。[1]

被称为"文正公"，言下之意就是，范仲淹这个人做人做到头了，没什么上升空间了。这还真不是夸张，后世无数名人都曾全力为范仲淹应援——

王安石说他："一世之师，由初起终，名节无疵。"

苏轼说他："出为名相，处为名贤。"

黄庭坚说他："范文正公，当时文武第一人。"

如果要在风生水起的大宋名人圈里推举个Top（第一），老范无疑是第一人选；如果范仲淹的墓碑上只允许题一句话，那必定是"老子天下第一"（注：不是梗，是原话，这个我们后面还会讲到）。

文能定国，武能安邦，是范仲淹一生的写照。

这么讲还没有概念的话，那你可以想象下，一个人在六十四年的有限人生里分别担任过顶尖大学校长、首都市长、国家文化部部长、人民代表大会常务委员长、国防部副部长和改革开放领头人，平时喜欢弹弹琴，还成立了自己的重金属摇滚乐团，把原创音乐搞得有声有色……

没错，范仲淹就是这么一号猛人。

照理说，这样的爽文配置，他应该是整个北宋最快乐的老头子。

可见过他的人都说："我不知道他有什么烦恼，但他好像总是不大高兴的样子，或许他需要请一位心理医生。"

是的，范仲淹他总是不开心。

忧郁气质不是一天养成的，这事还要从他小时候说起。

当时的范文正公还叫"朱说"，生长于江南的一个小官家庭。小朱自小就热爱

---

[1] 苏洵《谥法》。

学习，勤奋克己，明明是一个院子里长大的孩子，却显得异常拔尖儿，让人看了总想把另外几个兄弟拎起来打一顿。另外几个兄弟当然不干啦，平时就一起孤立小朱，不带他玩。

小朱也是个死心眼，他在乎的并不是兄弟们的排挤，而是认为他们不该那般虚度时光、顽皮捣蛋，屡屡规劝，希望他们悬崖勒马。

时间一长了，几个兄弟不耐烦起来，说："我花我们朱家的钱，关你什么事？"

小朱："什么你们朱家？我们不是一家人吗？"

兄弟们："给你个眼神自己体会。"

小朱："不会吧不会吧，这么狗血的伦理剧剧情不会发生在我这个历史人物身上吧？"

于是小朱哭着去找他娘，他娘见状与他抱头痛哭，告诉他：孩子你没想错，现实生活就是这么狗血。你其实不姓朱，你爹也不是你亲爹，你亲爹姓范，早死了，娘活不下去了，才在你两岁那年改嫁给你现在的爹。怕你伤心，一直没敢告诉你。

不过你也不用太难过，一般小说里有这种设定的，都是天赋异禀，娘行李都给你准备好了，从明天起，你就去南都应天府修炼，他日必成大器！他娘目光长远，此儿果然天赋异禀，智商满点，非常人所能及。

祥符四年，小朱进入一流学府"应天府书院"学习，成为校内优等生；祥符八年，小朱进士及第，一跃从一介寒儒成为九品参军，后来又升为节度推官。

他将母亲接到京中来，经过母亲同意，正式归宗复姓，更名为范仲淹。

进入朝廷后，范仲淹的才能和学问很快显露出来。

同僚都很好奇，范仲淹非名门出身，少时生活又清苦，是用了什么样的学习小妙招，才取得这样好的成绩？

一脸菜色的范仲淹略作回想，列出三条高考秘诀：

一、不吃饭，只喝粥；

二、通宵熬夜，玩命刷题；

三、睡觉不脱衣服长达五年之久。

同僚：不要紧吗？范仲淹你身体真的不要紧吗？学习什么的都是次要了，你的胃肠健康和心理健康没出什么问题吗？为什么我在你的眼睛里看不到光了啊！没带换洗衣服别忍着，一定要写信和妈妈说啊！再者说了，第二条和第三条不矛盾吗？卯时睡卯时起，阎王夸你好身体是吗？最重要的是，看了这本书的小朋友们千万不要学啊！

　　范仲淹：喝粥很好的，每天煮一锅粥就够了，隔夜粥会变冷凝固，我就把它切成四块，早晚各吃两块，口感软弹滑嫩的，就是吃进胃里没有感觉……

　　同僚：够了，够了，我们不想听细节！

　　虽然我们无从得知，范仲淹的忧郁和他早年不规律的作息习惯有无关系，但这种不畏艰苦的精神还是值得赞扬的，渊博的学问也为范仲淹的晋升之路奠定了基石。

　　很快，他被调任到泰州西溪盐仓监，主管淮盐的盐税工作。虽然是小地方，但范仲淹也很愉悦，挥笔写下《至西溪感赋》：

　　谁道西溪小，西溪出大才。参知两宰相，曾向此间来。

　　和范仲淹的其他诗词比起来，这不过是首打油诗，但我们却可以直观地感受到他心中的欢喜和蓬勃的希望。

　　"两宰相"指的是当朝的两位宰辅晏殊和吕夷简，这两人都曾在西溪任过职，范仲淹希望自己有朝一日也能像他们一般，大展拳脚为国效力，仿佛命运使然，他之后的人生起伏也与这两个人紧紧纠缠在了一起。

　　但这种昂扬的情绪没能持续多久，范仲淹又不开心了。

　　泰州沿海的堤坝本是唐朝建成，已历经二百多年的风风雨雨，年久失修，风潮泛溢，每年都会溃坏决堤，淹没农田，毁坏亭灶。

　　范仲淹目睹了沿海百姓连年遭受的苦难，怀着有益天下之心，火速上书泰州知州张纶，请求修复捍海堰。[1]

　　建议一提出来，就有人站出来反对，理由很简单："你不是征收盐税的官员吗？修不修堤坝关你什么事啊，越职了吧？"

　　范仲淹日后可是当着满朝文武跟皇帝吵架的人，立马怼回去："你也知道我是

---

[1] 出自《宋史·卷七十九》。

盐仓监,现在连年洪涝,老百姓都逃荒去了,你给我交盐税啊?筑堤挡潮,正是我老范分内之事!"

张纶很支持范仲淹,同时也表示:只是嘴上厉害还远远不够,你不是说是你分内之事吗?那就把此事全权交给你负责。遂奏请朝廷,调范仲淹为兴化县令,主持修筑捍海堰。

要修万丈海堤谈何容易?范仲淹作为初出茅庐的年轻官员,亲率四万民工,经过多番考察,开始了海堰的修筑工作。

他栉风沐雨,排除万难,眼看着海堤逐渐修起来,怎料天有不测风云,隆冬时节,汹涌冰冷的海潮顷刻便吞没了两百多条人命。跟范仲淹筑堤的民工慌了,大小官员慌了,就连朝廷也下旨,要求停修。

忧愁围绕着范仲淹,跟随自己筑堤的民工们丧生,他何尝不是最痛心的那一个?但他知道,一旦停修,前功尽弃,还会有更多的百姓因此受灾殒命,所以他不能放弃,即便要赌上仕途。

最终,在淮南转运使胡令仪和张纶的合力支持下,捍海堰重新开工。

一波未平,一波又起。天圣四年,范仲淹母亲去世,根据国法,范仲淹必须离任守丧,修筑任务被迫移交给张纶。

好在这时堤坝已经修了一大部分,范仲淹临走前写信千叮咛万嘱咐,拜托张纶一定要修完啊,再出什么事故我老范顶着,你不用惧它!

功夫不负有心人,捍海堰终于在第二年春完工,这就是赫赫有名的"范公堤"。《宋史》记载,此堤修好后"遂使海濒沮洳泻卤之地,化为良田,民得奠居,至今赖之"[1]。

后人作诗赞范仲淹:"海水有时枯,公恩何时已。"[2]

修筑捍海堰的壮举,也让天下人看到了范仲淹的才能,这其中就包括写出"无可奈何花落去,似曾相识燕归来"的宰辅晏殊。

守丧归来后,在晏殊的保举下,范仲淹无缝衔接,成为了自己母校,也就是当

---

1 《宋史·卷五十》。
2 吴嘉纪《范公堤》。

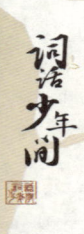

时最高学府应天书院的校长。

他用自己的"三条高考秘诀"洗礼着书院的学子们,教育后生"以天下为己任"。学子们每天上学都能看到校长那张慷慨中带着几分惆怅的脸,思想境界都提升了不少。

范仲淹早年曾说过,自己"不为良相,便为良医"。但良医救不了大宋朝,所以他只能化身良相,去给国家治治病。

担任应天书院校长期间,范仲淹还做了件大事,他给朝廷写了份洋洋万言的《上执政书》,剑锋直指朝廷的心腹大患"冗兵"和"冗官",一针见血地指出了国家现存乃至潜在的各种危机。

这篇文章被《宋史》称为和诸葛亮《出师表》并驾齐驱的政治方略,堪称上帝视角的治国通关秘籍。

什么概念?这篇政论里,宋仁宗照着实施的都见效了,没实施的后来都后悔了。

如果你是仁宗皇帝,估计这皇位越坐越慌。因为你慢慢发现,自己遇到的困难都是范校长《上执政书》透过的题,不仅透题了,他还把解决方案都一条条给你列好了,照着做就行。

合着搁这儿给朕当预言家呢!

就譬如宝元元年,党项首领李元昊在西北称帝,建立西夏,还和宋朝大战了一场,史称"三川口之战"。仁宗信心满满派兵去讨伐,结果发现打不过人家,大败而归。一时间朝野上下大为震动,人心惶惶。

这个时候宋仁宗才想起来,哎,范仲淹《上执政书》中不是就曾提醒过朕,要提防西北,严备戎狄吗?

一拍大腿,赶紧把被贬在外的范仲淹召回来,具体情形,参见玉皇大帝躲在御桌下喊的那句"快去请如来佛祖"[1]。

范仲淹这尊大佛也真没让大宋人民失望,他星夜奔赴战场,由一个"看上去身体就很不好"的中年文臣,秒变全军最可靠的男人。

面对西夏的精兵强将,他并没有像其他主帅那样主张冒进,而是以守为攻,严

---

[1] 电视剧《西游记》。

密部署，修筑要塞，将延州边关打造成了"宋之长城"。

政治上，他主张犒赏羌族各部，与之合力抗夏；

经济上，他切断了西夏与中原的商贸通道，什么经济制裁，都是老范玩剩下的；

军事上，他起用狄青、郭逵等年轻名将，在"重文轻武"的宋朝训练出了一支悍勇能战的劲旅，直打得西夏不敢再战，向宋朝求饶称臣议和。

作为宋朝战场上难得的高光时刻，范仲淹不仅打服了党项人，也让宋人燃起了"军事自信"，以至于多年之后，南宋抗金名将胡世将回望北地故土，也要叹上一句"神州沉陆，问谁是，一范一韩人物"[1]。

当时边境人人传唱"军中有一范，西贼闻之惊破胆"[2]，翻开北宋《军事日报》，头条便是范仲淹的满版画像，上头写着大大的"老子天下第一"。

这可不是范仲淹的自卖自夸，而是西夏人的"战争警示牌"。"老子"在当时是对老者的称呼，相当于"老爷子"，意思就是看到范仲淹这个老爷子，就不要再打啦，还有谁不知道这人是天下无敌的吗？

范仲淹在政治军事方面太过全能，光简历就能写一卷，可我们别忘了，他还是一位赫赫有名的文学家。这毕竟是本讲宋词的书，我们就来聊聊范仲淹这首最具代表性的《渔家傲·秋思》。

塞下秋来风景异，衡阳雁去无留意。四面边声连角起，千嶂里，长烟落日孤城闭。

浊酒一杯家万里，燕然未勒归无计。羌管悠悠霜满地，人不寐，将军白发征夫泪。

照理说，仗打得这么酣畅淋漓，范仲淹该高兴了吧？不是的，你会发现这首词的基调依旧是忧愁的，范仲淹眉头的川字纹依然没有展开。

他站在边塞的戍楼上，望着南去的归雁，耳边是四面的号角边声，肩上有千钧的重担，他忧心着两国的战事，同时也惆怅于将士们何时才能归家。

悠悠的羌笛声撒下满地苍凉，更深霜重，范仲淹在离家万里的战场上饮下一杯

---

[1]《酹江月（秋夕兴元使院作，用东坡赤壁韵）》。
[2]《边上谣》，收录于宋朝孔平仲《谈苑》。

061

浊酒。

人不寐，将军白发征夫泪。

写这首词的时候，他的视角就从运筹帷幄、决胜千里的主帅，转换为一介文人、一个父母官。对于这些远行的征夫，他的态度是同情且悲悯的，他与他们一同落泪。

已识乾坤大，犹怜草木青。[1]

这才是范仲淹最了不起的地方。

所以有些时候，真要庆幸这样的人物还会写词，这些感性的文字让范仲淹从高不可攀的神，成为了一个有血有肉的人。

读着这样的词，你几乎能想象他当时的表情，看见那个老爷子拿着酒杯，熬着大夜，知道他这天还是不开心。

范仲淹这一辈子遇到过不少让他不开心的事。

而他与我们这些普通人不一样的地方就在于，我们通常忍忍就算了，但范仲淹从来就不知道"忍"字几笔几画。

他自谓"宁鸣而死，不默而生"[2]，所以当他意识到摄政太后越俎代庖，他会据理力争；

看到皇帝沉湎于后宫，不理饥民，他就敢让皇帝"吃草"[3]；

发现官员结党营私，他就献《百官图》，把违纪的直接圈出来，逼着皇帝一个一个地查；

西夏铁骑让他不爽，他就领着几十万兵马前去揍人；

国家制度让他郁闷，他从战场一回来，就开始搞"庆历新政"。

但偏偏就有这么一个人，让范仲淹拿他没办法。

他就是谪守巴陵郡的滕子京。

---

[1] 马一浮《旷怡亭口占》。
[2] 范仲淹《灵乌赋》。
[3]《范文正公年谱》："是岁以江淮京东灾伤，公奏请遣使巡行，未报。公请间曰：宫掖中半日不食，当何如……饥民有食乌昧草者，撷草进御，请示六宫贵戚，以戒侈心。又陈救弊八事，上嘉纳之。"

这位滕子京昔年曾协助范仲淹修筑"范公堤",这回他又在洞庭湖畔修建了岳阳楼,邀请故友为之作记,范仲淹总不能不给面子。

但问题是,老范当时在邓州养老,根本没去过新修的岳阳楼,要怎么写?滕子京灵机一动,给他随书信寄了一幅《洞庭晚秋图》。

想不到吧?那篇高中时代背得刻进DNA里的《岳阳楼记》,其实是一篇"看图写话"。

范仲淹原本也没想到会有这样的操作,但还是皱着眉头写完了,写到最后还不忘解释一下,自己为什么"总是不开心"。

"居庙堂之高则忧其民,处江湖之远则忧其君。是进亦忧,退亦忧。然则何时而乐耶?"向来"不以物喜,不以己悲"的范老爷子也给出了答案:"先天下之忧而忧,后天下之乐而乐。"

范仲淹也不想不开心,可他心里装的满满都是黎民百姓的喜悲。

非得等天下人都开心起来,才能看到范文正公展颜的那一天呀。

在大宋元宵夜你会遇到谁？

文／银雪

  你可知宋代的元宵佳节怎么过？别着急，今天咱们就来游历一番，若是运气好，没准还能遇上哪位历史名人呢！话不多说，一同来感受千年前的盛会吧。

  现代有黄金小长假，宋代同样也有。元宵节也叫上元节，最开始只有一天，到了北宋初年，演化为三天的狂欢，之后又扩充为五天，也就是苏轼在《蝶恋花·密州上元》里说到的"灯火钱塘三五夜"。

  不仅天数长，狂欢的时间也很久，那可谓是通宵达旦，彻夜不休！

  李清照的《永遇乐·落日熔金》里，开头便是"落日熔金，暮云合璧，人在何处"，也就是指太阳刚下山，大家就开始出门玩乐了。玩到什么时候散场呢？贺铸在《思越人·紫府东风放夜时》里写"五更钟动笙歌散，十里月明灯火稀。"五更天最晚到凌晨五点左右，彼时天都快亮了！

  可见古人熬夜的本事，比之现代人，也是不遑多让的。

  那这一整夜里，大家伙儿玩什么呢？娱乐项目可多着呢。最隆重的当属皇家出游。

宋代的皇室特别喜欢与民同乐，逢年过节，皇帝总要带着一众家眷和皇子、公主们登上宣德楼，观一观那盛大的花灯会。

花灯从宣德楼下，贯穿整条御街和潘楼街，不仅有汇集了花鸟鱼虫、神仙山水的"棘盆灯"[1]，还有高达七丈的灯山，走马灯、皮影灯和菩萨像等一应俱全，集宋代花灯工艺之大成。

辛弃疾的"东风夜放花千树"[2]和欧阳修的"去年元夜时，花市灯如昼"[3]可都是写实派，不带一点儿夸张色彩的。

除了普通的纸灯，宋代的琉璃工业也十分成熟，谁能拒绝流光溢彩的琉璃灯？蒋捷的"春风飞到，宝钗楼上，一片笙箫，琉璃光射"[4]便是这样写的——高楼之上，笙歌起彩光漫的盛景，就算放到现代，也绝对是头号网红打卡地。

由于精彩之处太多了，咱们现在来规划一下游玩路线。先体验夜市的热闹繁华，再去登樊楼，见识一番宋代最奢华的美酒佳肴。

排门帘幕夜香飘，灯火人声小市桥[5]

无论哪朝哪代，夜市绝对是最热闹的地方。

"蛾儿雪柳黄金缕，笑语盈盈暗香去"[6]，就连半生戎马的辛弃疾，走在街上也不由被美人们吸引。

"蛾儿"指的是用彩纸剪成的头饰，"雪柳"则是用丝线捻或缠绕成的首饰，"黄

1《东京梦华录》："自灯山至宣德门楼横大街，约百余丈，用棘刺围绕，谓之'棘盆'，内设两长竿，高数十丈，以缯彩结束，纸糊百戏人物，悬于竿上，风动宛若飞仙。"
2 辛弃疾《青玉案·元夕》。
3 欧阳修《生查子·元夕》。
4 蒋捷《女冠子·元夕》。
5 范成大《晚步》。
6 辛弃疾《青玉案·元夕》。

金缕"就是金银做成的首饰。别看宋人讲究清雅简洁，实则那都是低调奢华，首饰十分繁复，在元宵这一天，还钟爱佩戴"人胜"和"华胜"，也就是小人儿模样或者花形的头饰。

另外，还有一种特别的花灯，叫做"火杨梅"，用火药和红枣泥等物和成杨梅大小的圆球，点燃后可燃烧许久，可以提在手里作小灯，也可以戴在发髻边，或者插在莲花冠中置于头顶，火球就会随着走动而轻摇，柔和的火光将女子姣好的面容映衬得更加清晰。

不过嘛，美则美矣，这安全系数……实在不太高。

打扮得这么美，逛街就得尽兴才行。除了有杵歌串串，鼓声叠叠，还有锦街穿戏鼓。人们在灯火中歌舞奏乐，也不拘跳得怎样，吹得又是否走调，只图一热闹。沿着火龙再往前，还有戏鼓杂耍，小孩子钟情于皮影戏和木偶戏，大人们则更爱看走绳、高跷和踏鼓这些高难度的惊险项目。

哟，仔细一瞧，前面那位欣赏舞剑的高大男人，不正是辛弃疾吗？作为豪放派词人的代表人物，他是文人，也是武将。他的一生都伴随着沙场的肃杀之气，不知道在他的注视下，那位舞剑的艺人会不会有心理压力。

如果不爱这些嘈杂的，那就往城门边上去走走，女子多嬉游于此，摊贩也都是卖些珠翠、小食和占卜之类讨女儿家喜欢的。

宋代的零食种类繁多，除了肉干蜜饯、油炸面果子和糯米制成的糕团，还有特色饮料"香饮子"，除了用草药熬煮的，还有新鲜水果制成的，最受欢迎的便是樱桃和乌梅味的。不过元宵节的气温还没暖和起来，冷饮不如热汤畅销。

宋人管汤面叫"馎饦"，热乎乎一碗，咸香暖胃。要是爱甜口，那就吃汤圆，也叫圆子，做法和今天一样，除了芝麻和豆沙，还有乳糖做馅儿，也就是牛乳酥酪拌白糖，奶香味儿的汤圆，绝对是当时的网红甜品。

食物除了吃，还能用来占卜。将细细的米粉染色，称之为蚕丝饭或者茧丝，煮熟后置于盘中，用以占测这一年的吉凶。李昴英的《瑞鹤仙·甲辰灯夕》中就有写道："且茧占先探，芊郎戏巧，又卜紫姑灯下。"

这不，有个摊子上，正有几位衣香鬓影的女眷正在讨彩头，为首那位便是著名女词人朱淑真。年轻时的她，也有过"但愿暂成人缱绻，不妨常任月朦胧"[1]的少女情怀，可惜事与愿违，她终究未得缱绻之人。

不过婚姻的不幸反而造就了她的品格。她在家族中大力推崇女子读书，带领大家开拓女性意识的觉醒之路。

对女子而言，占卜不光是求姻缘觅良人，也可以为了自己的事业，人生漫漫，美好的不止有爱情。

杜曲樊楼，拚把黄金买春恨[2]

樊楼，乃宋代第一大酒店，也是首屈一指的打卡圣地，刘子翚回忆起年少时那些乐事，在深夜的灯火中登上樊楼感慨一番。姚云文也曾在楼上享受他的人生巅峰，拚把黄金买春恨，何等的风光恣意。

对于仕途起伏的文人官员而言，这里承载了太多的悲欢离合，但对于吃货来说，没有什么是比当朝顶级美食更诱人的。

炒菜，这种在现代最普遍的烹饪技术，在宋代才刚刚兴起，但随着冶铁技术的进步，圆底炒锅逐渐流行，人们对食材的处理手段也丰富了不少。

把鸭全身剔骨，却保留完好皮肉，填入糯米、红枣和栗子等馅料，先炸再蒸，出锅之后，皮酥肉烂，内里的馅料吸饱了鸭肉的汤汁，这便是著名的八宝鸭，作为宋代烹饪技术的集大成者，这道菜至今仍是南宋都城杭州的代表菜色。

烹调手艺长进了，调料也得跟得上。

虽然宋代还没有辣椒，但丝毫不影响辣菜的流行，胡椒、花椒、茱萸、芥末以及常见的生姜和蕌头，这些都能产生辛辣，宋人对于鱼虾等水产的喜好，也从生脍，

---

1 朱淑真《元夜》。
2 姚云文《洞仙歌·燕寝香湿》。

也就是生鱼片，转为蒸、煮、烹、炸等熟食做法。

说了这么多，也该亲自尝尝这麻辣鱼片的滋味，刚坐下，就听到一声隔壁桌传来一声吆喝。

有人先你一步点了这道菜，紧接着，就听到身后传来一声叹息："兄长，你少吃点吧……"

猜猜看是谁？

当然是大宋好弟弟模范代表苏辙和他那冤种哥哥苏轼了。

苏辙一辈子都在为哥哥操心。

苏轼落罪，他去求情；苏轼被贬，他满心挂念，生怕哥哥在南方水土不服；好不容易等到苏轼被皇帝原谅，重新回京述职，他又第一时间为哥哥接风洗尘。

而苏轼呢？

入狱了，他找弟弟哭诉；被流放了，他却写："日啖荔枝三百颗，不辞长作岭南人。[1]"

只是不知道在写下这首诗的时候，东坡先生是否还记得他那位远在汴京的弟弟？所以好不容易回京，当然得来樊楼吃一顿。

没有什么是一顿美食解决不了的，如果有，那就是吃得不够好。

也不怪苏轼贪吃，毕竟大宋的美食太多，连皇帝都拒绝不了。

看见没？正有几个店小二挑着食盒往宫城的方向走。他们要去哪？当然是进宫送外卖了。

没错，宋代拥有十分成熟的外卖体系，为此还专门发明了"温盘"，也就是在盘子下方另设一中空隔层，灌上热水后，就能给食物保温了。

并且大宋的皇帝那是真的很亲民，刚刚在宣德楼看完花灯，回宫后肯定有些饿了，御厨的手艺比不上宫外的老字号，那就干脆点个外卖吧。

有了佳肴，自然就得有美酒。

在宋代之前，清酒是产量很少的珍品，随着宋人学会了红酒曲的制作，酿酒水平有了大幅度的提升，饮酒成了全民日常生活的一部分。

---
[1] 苏轼《惠州一绝》。

但千杯不醉的不一定是彪形大汉，也有可能是易安居士李清照！

如果你以为她只会"欲语泪先流"，那可就太天真了。

生作当人杰，死亦为鬼雄。[1]

这才是易安大人的脾气，这位千古第一才女，不仅会写词，更会喝酒。别的女儿家过元宵，逛夜市看花灯，美就够了。她呢？

来相召，香车宝马，谢他酒朋诗侣。[2]

没有酒，根本请不动她，如此飒爽，几人能比？

站在樊楼高层凭栏眺望，楼下是火树银花，楼上是歌舞升平，十五元宵夜，处处是盛景。哪怕过去了千年，这份繁华依然如画卷般，镌刻在文人的笔墨中，随着宋词的平仄，被代代传颂。

---

[1] 李清照《夏日绝句》。
[2] 李清照《永遇乐·落日熔金》。

千古风流人物

第二站

千古风流人物　文/拂罗

昨夜西风凋碧树，独上高楼，望尽天涯路。[1]

飞光一瞬，距"太平宰相"晏殊独上高楼叹落花的那天，竟已整整横跨了百年之久。宋词发展到这个时期，自然也涌现出无数惊才绝艳的优秀词人，他们将进一步完成"艳词"的革新。

例如《雨霖铃·寒蝉凄切》的作者柳永，他以创作慢词为长，尤其充分利用了俚词俗语，将意象、白描、铺叙等巧妙地运用到作品中。而这种新颖的创作方式对宋词产生了极大的影响，使得小令不再一家独大。

虽然与晏殊等人同为婉约派集大成者，但凭栏浅唱的人生，使得身为"白衣卿相"的柳永亦擅长描写底层劳动人民的生活和思想，将词进一步由雅入俗，最后雅俗并陈，从而获得广泛的流传。

到了北宋中后期，另一位天才——苏轼横空出世，再次掀起文坛词风的革新。他的创作特征是"以诗为词"，即将诗的表现手法挪到词中。如"老夫聊发少年狂""大江东去"等豪放词，终于打破了长久以来诗尊词卑的固化思想，彻底提高了词的文学地位，使得它从音乐附属变为一种独立的抒情方式，"无意不可入，无事不可言"[2]。

有了柳永的婉约词、苏轼的豪放词为基础，后世的众多词人也开始了多姿多彩的创作，如秦观、贺铸等人，他们各自追随文坛领袖的步伐，创作出风格独特的宋词。至此，多家风格在宋朝文坛欣欣向荣、竞相发展，最终成就了宋词的繁荣局面。

请扫描此处 查收此间留音 ▶▶

1 晏殊《蝶恋花·槛菊愁烟兰泣露》
2 刘熙载《艺概·词曲概》。

柳永

人生天地间，忽如远行客

CIHUA SHAONIAN JIAN

文 优富

春寒料峭，夜阑江寂，柳永乘船自鄂州北上，前往都城汴京。

不久之后就是朝廷举办恩科考试的日子，柳永想最后再试一次。

明月悬于中天，江面亮如白昼。柳永不忍辜负良夜，从船舱里拿出书卷笔墨，坐在甲板上映着月光研读许久。

《大学》《中庸》《论语》《尚书》……他一本一本地翻阅品读。自六岁开蒙以来，这些文字已经被他翻来覆去地读了几十年。

他的祖父是五代时期的大儒，父亲和众位叔叔们也都是正经科举及第的儒生。也是因为家学渊源，他幼读诗书，少年时便已富才名，被誉为"鹅子峰下一支笔"。

他自诩满腹诗书，谁料竟连续四次春闱都名落孙山？

柳永望着天间皓月，想起自己二十五岁第一次参加春闱前的光景。

那时他跟娇娘挚友在樊楼宴饮，窗外月色亦如今夕。众人投壶传花行酒令，酒酣时柳永提笔写下一首词：

便是仙禁春深，御炉香袅，临轩亲试。对天颜咫尺，定然魁甲登高第。等恁时、等著回来贺喜。[1]

现在想来简直可笑至极。

魁甲登高第……他究竟在做什么春秋大梦？

柳永自嘲似的笑了笑，手里攥着的毛笔一松，顺着甲板朝江里滚去。

01

"扑通！"

你掉进了深不见底的江水里，乌黑的头发在水中散开，头顶上晕开了一片墨色的烟雾。你仰躺在水中缓缓下坠，水面上月光皎洁，隐约能看见船上素衣男子衣襟的下摆。

这个系统是越来越不靠谱了，刚进这个世界马上就失足落水，万一你不通水性，岂不是要淹死在这里？

还好，你的附赠技能里有游泳，这点困难不过是小菜一碟。

你展开双臂准备来个自由泳……诶，你胳膊呢？你胳膊哪儿去了？

好吧，你是一支毛笔，不仅没有胳膊，就连腿也只有一条。希望柳永会跟笔交谈吧！不然你怎么能得知柳永内心真正想要追寻的东西？

算了，你启用了【凌空飞起】技能，从江水中一跃而起，跳到了小船的甲板上。

你身上厚实的竹衣还算完好，就是满头的青丝湿答答的还淌着墨水，看起来着实不太美观。可惜眼下也没有毛巾，你倔强地甩了甩头，墨水溅了柳永一身。

柳永也不顾上擦身上的墨水，呆愣愣地看着你，半晌才结结巴巴地开口："你……你是谁？世上竟然有会飞的笔？"

"我是鹅子峰下一支笔！我不仅会飞，还会说话呢，你说神奇不神奇？"你得意地说。

---
[1]《长寿乐》。

柳永听见你的名字愣了一下，又沉思许久才消化了这个信息。

"你是神笔。"柳永有些好奇地问，"你除了飞，还会干什么？"

你看着柳永殷切的眼神，准备给他露一手：

A 带他穿越时空
跳转 4

B 向他展示你的文学才能
跳转 3

02

柳永与你夜行汴河。

你与他一同仰卧在甲板上，夜空与河水连成一线，船舷边上似乎都飘着星辰。

柳永枕着自己的满头青丝说："笔兄，我们回去吧，回到真正属于我的时代去。"

你有些疑惑："你的心愿都了结了吗？你现在还年轻，难道你就不想改变……"

"有些事情可能结果算不上好，不过既然是我的选择，就没有什么可后悔的。"

柳永扭过头朝你笑了笑："我没有什么想要改变的。此番能重游故地，重逢旧友，我已经知足了。"

你启用了【穿越时空】技能，与柳永一同回到了景祐元年春，自鄂州至汴京的小船上。

柳永低头看了看船下清澈的江水，确认自己已经变回苍颜白发的老头之后，他的眉眼终于舒展开来。

他弯腰小心翼翼收起甲板上的层层书卷："我已是知天命的年纪，不久之后的春闱可能是我最后一次科考。其实我也不是执迷仕宦，非要当官不可，只是儒生所求无非是显达以兼济天下。我既读书，自当尽力为生民做点什么。"

你闻言也有所触动，鼓励道："柳兄，这一次你一定可以及第的。"

柳永抬头望向你，嘴角扬起了一抹微笑。

跳转 7

03

难得见到一代词宗，你背了许多诗词，有些连柳永都没有听过。柳永被你的见识广博所折服，将你引为知己。

能和柳永深夜聊天，你非常珍惜这个机会，几次旁敲侧击，想要得到一个柳永的签名。柳永视你为挚友，并没有丝毫犹豫。

你主动用头发蘸满了墨水，将自己放进他的指间。

柳永铺好宣纸，提笔便写："柳三……"

刚写两个字柳永就顿住了。

你有些疑惑，主动询问："怎么了柳兄，为何突然停笔？"

柳永迟疑了下，很快又落笔写下了一个"变"字，又在后面写下了他的表字"景庄"。

"三变是我以前的名，近日我改了一个新的，叫做柳永，字耆卿。"

柳永简单解释了一下，又在纸上写上自己的新名字。

多年前他科举落榜，一时愤懑，写下一首发牢骚的词，触怒了圣上，以至于"柳三变"这个名字被朝廷列入黑名单。[1]

此后他还参加过几次科举，但每次的结果都一模一样。

所以这一次他要了个小聪明——改名。

柳永叹息一声，望向你："笔兄，你说我这次可以及第吗？倘若这次我依旧不能及第，日后又要干什么呢？"

闻言，你沉思许久。

学成文武艺，货与帝王家。[2] 这是绝大多数士子儒生自幼所接受的教育。倘若不参加科考，他们之前的所有努力都会白费。

可是你早知道柳永的未来，他是北宋词坛的明珠，但是在仕途方面却是毫无时运。宦海沉浮十余年，最终《宋史·列传》上连他的名字都没能留下。

....
1 柳永所作《鹤冲天·黄金榜上》被宋仁宗知晓，"临轩放榜"时宋仁宗以"且去浅斟低唱，何要浮名"为由，将其黜落。
2 元朝无名氏写的杂剧《庞涓夜走马陵道》的开头里即"楔子"。

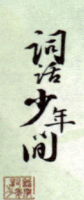

你纠结许久，决定：

Ⓐ 劝他坚持梦想参加科考
跳转8

Ⓑ 劝他放弃科考，努力钻研诗词
跳转5

04

你故作神秘："你信不信，我能带你回到过去？"

柳永看了下船下澄澈的江水，里面倒映出他斑白的头发和苍老的容颜。

他有些忐忑，但是眸中又满含向往："真的可以吗？"

你启用了【穿越时空】技能，带着柳永来到了三十多年前的杭州。

天光骤然大亮，柳永踩着江南水乡摇摇晃晃的游船，步子一时不稳，差点摔下船去。

"柳相公站稳喽，您不用着急，前面就是迎春楼！"艄公扶了柳永一把。

柳永看着周遭万物怔了一下，很快又低下头看船下碧水。

他摸了摸自己头发和鼻子，水中眉目清隽的少年也在同时间做了一模一样的动作。

你悄声开口："别看了，现在是咸平六年，你今年二十岁，正青春年少。"

柳永打开笔帘，与你相视而笑。

几个月前柳永秋闱中举，自故乡崇安出发，准备赴京参加次年的春闱。羁旅漂泊，柳永在杭州停下脚步，准备拜谒杭州知州孙何。

自唐以来就有考生谒见显贵谋求仕途的风俗，就连李白杜甫也曾写过不少干谒诗。对于这次干谒，柳永准备了很久。

孙何是大宋开国以来第一位连中三元的大才子，柳永仰慕他的才华，想要呈上自己的诗文，可惜孙府门禁甚严，柳永几次求见都被拦在门外。

杭州名妓楚楚常出入孙府，柳永转变了思路，打算从楚楚这里入手谋一个机会。

很快到了迎春楼，仆人引柳永进了二楼的一间雅室。

雅室空旷无人，东风吹过帘栊，房间内的轻罗幔帐沙沙作响。柳永带着你走到窗边，窗外碧水潆洄，画桥上行人如簇，楼阁屋舍鳞次栉比，柳影花荫下孩童嬉戏，三吴繁华可见一斑。

柳永起了诗兴，你主动配合，跳进砚台蘸了一头的墨：

东南形胜，三吴都会，钱塘自古繁华。烟柳画桥，风帘翠幕，参差十万人家。云树绕堤沙，怒涛卷霜雪，天堑无涯。市列珠玑，户盈罗绮，竞豪奢。

重湖叠巘清嘉，有三秋桂子，十里荷花。羌管弄晴，菱歌泛夜，嬉嬉钓叟莲娃。千骑拥高牙，乘醉听箫鼓，吟赏烟霞。异日图将好景，归去凤池夸。

柳永思如泉涌，两阕《望海潮》一挥而就。

词刚写完，一个年轻女子拨开幔帐走了进来。你本来还想夸柳永几句，此时只好乖乖卧在笔山上默不作声。

"公子好文采！"

楚楚看着桌上的词，又扭头看了柳永一眼，笑生双靥。

"奴家就是楚楚，不知公子怎么称呼？"

柳永朝她拱了拱手："鄙姓柳，名……"

话说一半，柳永顿了顿，接着说："名三变，草字景庄。姑娘要是嫌拗口，也可以直接叫我柳七。"

楚楚闻言摇了摇头："不拗口，柳公子的名字取得很好！《论语》上说，'君子有三变，望之俨然，即之也温，听其言也厉。'公子人如其名。"

柳永的名字确实是有寓意的。自小他的父母就期望他可以成为一位君子，远望感到威严，接近觉得温和，讲话庄重守礼。柳永确实做到了。

你趴在笔山上观望半晌，不由得赞叹这些古人个个都满腹经纶。

柳永难逢知己，也道："姑娘博览群书，三变佩服之至。"

楚楚谢过柳永的夸奖，之后又微微叹了一口气："嗐，我们做乐伎的，若是不读几本书，只怕连相公们写的词都读不懂，总不好句句都让旁人教着唱吧？"

说着，楚楚又拿起了桌子上的词，"倘若歌词都像柳公子写的这样瑰丽又好读，那就再好不过了。"

楚楚对柳永的词非常喜欢,在知道他的来意之后非常配合。

几日后楚楚参加孙府宴会,在众宾客面前唱了一曲《望海潮》,孙何听到歌词后惊为天人,当即询问作词者姓名,将人请至府中。

孙何与柳永一见如故,极为欣赏柳永的才华。可惜天不假年,孙何几个月后身患恶疾,次年便不治而逝。

这时你选择:

A 随柳永一起进京
跳转9

B 随柳永一起谒见晏殊
跳转6

05

柳永左思右想,觉得你说得很有道理,放弃了此次恩科考试。

宋仁宗刚刚亲政,不拘一格为国抡才。考虑到乡学益蕃,而朝廷取人之路甚窄,每届科举上榜者不足十分之一。众多举子苦读终年,白首不得进。所以本届考试扩大了录取比例,且对年逾五十的举子有优待。

文采远不及柳永的二哥柳三接参加了此次考试,榜上有名。

时隔多年,柳永仍对当年的恩科考试耿耿于怀。

此生唯一一次及第的机会,他到底是错过了。

任务失败

达成结局:抱憾终生

06

你与柳永几经辗转,终于得到了一个谒见丞相晏殊的机会。

晏殊十四岁的时候以神童入试，登进士科，也是世间难得的才子。

柳永拜见了晏殊，正打算掏出自己精心撰写的诗词，可晏殊已率先开了口："贤俊喜欢作曲子吗？"

柳永之前也曾拜读过晏殊的诗词，很兴奋地说："晚生同相公一样，也很喜欢写曲子。"

没想到晏殊冷笑一声："我平日虽也作些曲子，但是从没有写过这些满是俚语的艳曲。"

柳永脸色一僵，也未再言，转身离开了晏殊的府邸。

这些年来柳永作词曲无数，早已在整个大宋传唱，晏殊没有听过柳永的词反倒奇怪。

不只是晏殊，士大夫多喜欢阳春白雪的词曲，对柳永所作的这种在市井中流传甚广的词曲成见颇深。

因此，柳永终究难以通过拜谒权贵在仕途上有一番作为。

达成结局：出师未捷

07

柳永顺利通过恩科考试，与二哥柳三接同登进士榜，正式进入仕途。

柳永先被授睦州团练推官，后调任余杭县令，之后又转定海晓峰盐监……每任皆政绩斐然。

入仕后，柳永的日子过得并不顺利。未及第时他的词就曾触怒圣上，时隔几十年，他的词依然难合上意。且不说破格升迁，就连正常转官都为难。困于"选调"多年后，直至范仲淹庆历新政时重订官员磨勘之法，他才重新遇到机会。

可是太晚了，他已经老了。

柳永最后在屯田员外郎任上致仕。仕宦十五年，他的官阶只从从八品升到了从六品。

不过回首一生，柳永并不后悔。

在晓峰盐场做盐监的时候，柳永与你一同写下了首《煮海歌》：

晨烧暮烁堆积高，才得波涛变成雪。

……

周而复始无休息，官租未了私租逼。

驱妻逐子课工程，虽作人形俱菜色。

鬻海之民何苦门，安得母富子不贫。

此歌传入京师之后，盐工艰辛方为世人所知。

见到第一句的时候，你就已经知道柳永这辈子想要追求的是什么了。

他二十岁的时候写"云树绕堤沙，怒涛卷霜雪"，是在歌颂大宋百姓的盛世山河；垂垂老矣的时候写"晨烧暮烁堆积高，才得波涛变成雪"，则是在哀叹大宋百姓的辛勤与苦难。

从始至终，他只是想用手中的笔为天下苍生发声罢了。

达成结局：胸怀天下

08

看着柳永垂头丧气的样子，你鼓励他："不会不中的，柳兄惊才绝艳，世人有目共睹。倘若这次还不中，哪里还有天理？"

这样的夸赞柳永从十几岁就开始听，根本对他起不到一丁点的鼓励作用。他依旧沉着眸子，目光毫无生气。

你想了想，问道："柳兄，你这辈子想要追求的到底是什么呢？"

柳永望着你没有回答。

你再次开口："倘若柳兄志不在此,科举只是图这点浮名,那要不要都无所谓了。如果这是柳兄你为之奋斗了半生的志向,你甘心直接放弃吗?"

柳永又沉默许久,眸子里终于再次燃起了光。

"多谢笔兄点拨,我想明白了。其实不必在意结局,我努力过,这辈子总归是不留遗憾。"

跳转7

09

你与柳永离开杭州,一路沿汴河北上,途中经苏州、扬州,花了很长的时间才重游了一遍他魂牵梦萦的江南。

大中祥符二年,柳永参加科举考试,因"属辞浮靡"被除名,名落孙山。

放榜那日柳永喝得酩酊大醉,在樊楼当众作了一首《鹤冲天》:

黄金榜上,偶失龙头望。明代暂遗贤,如何向。未遂风云便,争不恣游狂荡。何须论得丧?才子词人,自是白衣卿相。

烟花巷陌,依约丹青屏障。幸有意中人,堪寻访。且恁偎红倚翠,风流事,平生畅。青春都一饷。忍把浮名,换了浅斟低唱。

你虽然知道这首词是柳永这一生不幸的开端,但是实在是没有拦住。

柳永早已风靡京师,所作之词不仅仅传唱市井,甚至被送到了皇宫,就连皇帝也常听他的词。

几年后柳永第二次去科考,皇帝再次抹掉了他的名字,发圣谕说:"此人好去'浅斟低唱',何要浮名?且填词去!"

你为柳永惋惜很久,但是柳永对此事却十分淡然。

他很真诚地问你:"笔兄,你总说我是举世无二的一代词宗。我想知道,倘若我不写《鹤冲天》,一生顺风顺水,出将入相,还会成为你说的那个人吗?"

你想了想,觉得柳永说的确实有几分道理。

他若是像晏殊一样以神童入仕,那他还是那个怀才不遇满怀愁绪的柳永吗?

这时候你选择：

Ⓐ 带柳永回原来的世界 跳转2

Ⓑ 奉旨填词 跳转10

10

虽科举受挫，但柳永生性洒脱，并没有因此沮丧绝望。

皇帝既发圣谕让他"且填词去"，那他索性竖起"奉旨填词"的招牌，浪迹天涯填词去。

江水汤汤，山色苍苍，江山壮丽，众生可爱，足够柳永用尽一生写词赞美吟诵。

你与柳永一同走遍了他年轻时曾走过的路，从渭南到成都，到湖南，到鄂州……市井繁华，柳永在烟花巷的笙歌曼舞中驻足止步，与歌姬诗词唱和。

远离京师后不必考虑科举仕途，不必迎合达官显贵，柳永在街市人群中作起了新词。

旧调短小死板，纵有衷情也难尽诉，那他就作新调、创新词，一改陈词滥调。

士大夫作的词百姓听不懂，歌姬不会背，那他就作通俗易懂的词。

柳永的词风靡大宋，凡有井水处，皆能歌柳词。

歌姬之间流传着一句话："不愿君王召，愿得柳七叫；不愿千黄金，愿得柳七心；不愿神仙见，愿识柳七面。"

柳永在词上耗尽一生，最终埋骨于江南。

柳永平素没有什么收入来源，只靠给歌姬写词得些润笔费。他与亲族疏远已久，去世时一贫如洗，全靠歌姬们筹钱办了个葬礼。

此后每年清明节，歌姬们都会相约在他的坟前祭扫。

任务成功

达成结局：白衣卿相

纵被春风吹作雪，绝胜南陌碾成尘

王安石

CIHUA SHAONIAN JIAN

文 明戈

01

熙宁九年，钟山。

身着素袍的王安石正负手站在院子里，头微微扬起，看着漫天飞舞的白雪。

他已经站了有段时间，鼻尖被冻得微红，雪花也在他的肩头积了薄薄一层。但他仿佛感觉不到寒冷，就这样凝神站立，望着白蒙蒙的天空。

忽然，他似乎被什么东西吸引，随后垂下头来，目光飘向遥远的墙角。

那是几小簇绒团一样的白色，沿着某种轨迹蜿蜒在那里，像极了点点落雪。

他闭上眼深吸了一口气，而后缓缓吐出。伴随着雾白的哈气，轻声开口：

墙角数枝梅，凌寒独自开。遥知不是雪，为有暗香来。[1]

---

1 王安石《梅花》。

远处的梅花在枝头迎寒怒绽，像不知道现在是严冬一般。越是寒冷，越散发出清冽的香来。

只是同样敌着严寒的，不仅是它们。

数月前，王安石还是京城中锦袍加身的宰相，优秀的长子王雱也累迁龙图阁直学士。谁又能想到只过了区区一个冬天，便换了人间。

"雱儿，不知你在那边过得可好？"

王安石的视线从梅花收了回来，眼眶微微有些泛红。他连忙眨了几下，生怕眼泪落下来一样。

"爹……爹现在挺好，你不用担心。"

王安石对着空气自语。

"除了有点遗憾，可爹从没后悔自己的选择。"

他继续静静伫立着。

在凛冬的风雪中，身影与皎白的梅花融为一体。

02

王安石作为一个注定要干番大事的人，上天自然要给点好装备。

比如，脑子巨聪明。

王安石小时候就是有名的"别人家的孩子"，一目十行过目不忘不说，还特爱读书，简直是废寝忘食那种。

天纵奇才配上勤奋人设，结果就是小小年纪便能出口成章，落笔成文[1]。周围十里八乡，就没出过他这么厉害的少年。

一直到他十三岁那年，才终于遇上了对手。

那时父亲带他回到金溪探亲，金溪当地也有个奇才，名为方仲永。五岁时某天忽然讨笔作诗，文采还相当了得。众人见过皆惊，称他为神童。

高手见高手，自是要比试比试。王安石立刻兴冲冲让他写一首，仲永也是挥笔

---

[1]《宋史·王安石传》："安石少好读书，一过目终身不忘。其属文动笔如飞。"

而成。

写完王安石拿起来一看:"就这?"

后来王安石才知道,自从他出名,其父便终日拉他应酬写诗换钱,也不让他学习,所以现在退步了许多。

可惜了……王安石叹了口气。

天才竟还是我自己。

其实除了周围人的夸赞,王安石作为一个好思考的少年,自己也奇怪——为什么我这么聪明呢?

一番苦想后,王安石明白了,应该这是天将降大任于是人也,自己以后估计要担当什么重任。

皇上是不可能了,那八成就是一人之下万人之上的……

"爹,我以后可能是宰相。"小王安石面色严肃。

王父:"……"

王父不过是临江军判官,一辈子连宰相边儿都没碰到,一直在四处辗转为官,王安石也只得随他宦游。可王父见儿子如此认真,便一拍他肩膀叹气道:"也行,你随我颠沛,就当下基层了。"

03

王安石可是把这话当了真,毕竟要做高官成大事,深入走访民间自是少不了。

从那以后,每每随父亲宦游,王安石都会仔细观察记录当地的民生,找出现有政策的问题。不仅如此,学业更是不放松,甚至比起原来还要刻苦上几分。

景祐四年,王安石跟着父亲初来京城。

按剧本走向,一般天选之子到了这种地方都是要有些际遇的。果然,王安石挥笔几篇文,这文就辗转到了欧阳修手里[1]。

欧阳修一看:不错,是个好苗子,赶紧科考去吧!

---

1 《宋史·王安石传》:"友生曾巩携以示欧阳修,修为之延誉。"

085

王安石面对大人物的赏识却十分淡定，他觉得应该再多学几年继续充实自己，考试什么的不着急，毕竟拿着大男主剧本。

五年后，信心满满的王安石才踏上了进京的道路。

凭借他现在的实力，拿个状元自然不成问题。可所有人都没想到的是，因为他文章中"孺子其朋"[1]四个字，惹得皇上看了心情不悦，于是将他降为了第四名，后授他淮南节度判官。

不过就算是第四，那也是高科及第，干满一年就可以申请考试入馆阁。只要入了馆阁，那就相当于一只脚迈进了高官的门槛，所以士大夫们都憋着劲想去那儿。

面对机会，王安石又摇了摇头[2]。

"不可，我在地方的经验积累得还远远不够。"

于是他又跑去鄞县做了知县。

赶上鄞县这年是个丰收年，百姓们喜上眉梢，可王安石却皱紧了眉头。因为他亲自调查后发现这里临近大海，由于吴越留下的水利工程渐渐废弃，山川水得不到储藏，都尽数流向大海，一旦遇到旱年，必有大灾。

于是王安石"起堤堰，决陂塘，为水陆之利"[3]。

面对地方势力们趁青黄不接时重利压榨百姓的现象，王安石下令将官谷借贷给农民，秋后他们再加息偿还。这样一来不仅方便了百姓，官仓的陈谷也得以变成新粮。

金溪民方仲永，世隶耕。仲永生五年，未尝识书具，忽啼求之。父异焉，借旁近与之，即书诗四句，并自为其名……于舅家见之，十二三矣。令作诗，不能称前时之闻……彼其受之天也，如此其贤也，不受之人，且为众人；今夫不受之天，固众人，又不受之人，得为众人而已耶？

——《伤仲永》

在得知仲永已变回农民后，王安石写下了这篇散文，并着手扩办学校。他现在愈发知道后天学习的重要性，况且以大宋现在的情况，十分需要贤才。

---

1 《尚书·周书·洛诰》："孺子其朋，孺子其朋其往。"
2 《宋史·王安石传》："旧制，秩满许献文求试馆职，安石独否。"
3 《宋史·王安石传》。

皇祐二年夏，王安石任满。在他返乡的途中，路过风景秀美的杭州。

飞来山上千寻塔，闻说鸡鸣见日升。

不畏浮云遮望眼，自缘身在最高层。

——《登飞来峰》

彩鸡啼鸣，旭日东升。王安石站在飞来峰的峰顶，俯瞰祖国的河山。山风擦过他的衣袖，层层浮云无法遮住他的视线。王安石慢慢抬起头，眺望向远方。

此时，他眼中唯有那轮喷薄而出的朝阳。那朝阳映得他双眸炯炯，映得天地一片光亮。

04

由于王安石在基层工作做得太好，两袖清风政绩斐然，宰相文彦博注意到了他。

"这么任劳任怨的人不多了，得提拔！"

宰相十分感动，立刻向朝廷举荐他。

王安石面对这平步青云的机会，却是一边摇头一边心中暗想：以后我可是要接替他位置的，等级没修炼够可不行。

王安石这边正以"勿激起越级提拔之风"为由拒绝提拔，那边欧阳修看着他满意地点点头。

"如此不慕名利，得提拔！"欧阳修当即举荐他为谏官。

王安石手握大男主剧本，一点不着急。而且他再次以"祖母年事已高，欲尽赡养之责"为由拒绝了大佬的提拔。

欧阳修知道后一拍大腿："呀嘛？我还就不信了，今天不给你整个官当当我就不姓欧阳！"

于是欧阳修以"养家需要俸禄"为由，任命他为群牧判官。

可王安石志不在此——老天爷给我的大任，可不是让我在京城当此等闲职的。

所以没过多久，他便跑到常州去当地方官练号升级了。

05

在常州，他依旧发挥着自己不安于现状，发现隐藏问题并解决问题的风格。

可惜这次上天给他提高了难度，在他正修建运河时降了大雨，导致"民苦之，多自经死"。

面对大家的指责，王安石觉得大雨是不可预测的客观因素，而面对已经存在的隐患，自己主动修补并没有错。

后来在王安石任提点刑狱期间，他又主张惩治官吏的小罪，而非大罪[1]。因为重刑不可滥用，但对小罪的惩治却能起到威慑作用。

可此举却受到多方指责。众人都说他畏惧强权，只会找些小毛病显示自己明察秋毫。

至和元年秋，王安石舒州通判任满后，赶赴京城，途中经过了乌江亭。当年杜牧曾在这里作过一首诗。

胜败兵家事不期，包羞忍耻是男儿。

江东子弟多才俊，卷土重来未可知。

——《题乌江亭》

胜败乃兵家常事，多次失败的耻辱又如何？若江东弟子选择再同楚霸王携手一战，说不准能够卷土重来。

可面对杜牧这样一位作过《阿房宫赋》，甚至为《孙子兵法》写过注解的大家，王安石却有不同见解。

百战疲劳壮士哀，中原一败势难回。

江东子弟今虽在，肯与君王卷土来？

——《乌江亭》

千百次的征战令将士们都疲惫不已，中原之战失败后，大势已去。若江东弟子如今还在，他们还会选择和霸王再征战一次吗？

王安石的回答很明确：不会。

---

[1] 王安石《答王深甫书》："得吏之大罪有所不治，而治其小罪。不知者以谓好伺人之小过以为明……"

纵使有这样一位大家为霸王当年的失败平反，王安石仍辛辣地点明了如若失去人心，那败局必然已定。

这也是王安石从叙事体咏史诗向抒情体，并最终归为议论体的转变体现。他并非站在一个文人墨客的角度，而是站在一名政治家的角度。正如他在每一个州县孜孜不倦地走访调查，并非是视野局限于小地方的问题，而是由小窥大，发现整个大宋的隐患。

满朝文武都安心蒙目于"本朝百年无事"，唯有王安石深知生于忧患死于安乐的道理，一直未雨绸缪。

面前，乌江的水湍急地流淌着，似乎在预兆着什么。

06

嘉祐三年。

练号千日，用号一时。王安石觉得时候到了，终于呈上《上仁宗皇帝言事书》。这是他多年以来经验的汇总。

在这篇长达万言的奏疏中，他撕破太平的假面，直指北宋积贫积弱的危难处境，并恳请皇上对法度进行全面改革。

其中针对吏制、学校与科举、理财等诸多方面，他也都提出了自己的建议。

可这篇奏书并未激起什么水花，皇上根本没有采纳。

明妃初嫁与胡儿，毡车百两皆胡姬。
含情欲语独无处，传与琵琶心自知。
……
汉恩自浅胡恩深，人生乐在相知心。
可怜青冢已芜没，尚有哀弦留至今。

——《明妃曲（其二）》

王安石失望而归后，写下《明妃曲》。以王昭君为题材的诗并不少，但大多都是止于思乡，或歌颂王昭君的牺牲精神。唯有王安石将"汉恩自浅胡恩深"毫不避讳地说了出来，借古讽今。由于汉代皇家的和亲政策，昭君才沦落他乡。如今大宋的岁币政策呢？面对如此屈辱的现状，还不改革吗？

其后，朝廷屡次委任他馆阁之职，他都退而不就[1]。三番五次想提拔他，他也都谢绝。后来，朝廷又命王安石修《起居注》，王安石推辞不掉才勉强接受。

老母去世后，即位的英宗多次召王安石赴京任职，他都称需服母丧和自己身体抱恙，而拒绝入京。

如果说先前王安石拒绝这些是为了在地方积累经验，那么现在便是因为时势不当。

王安石清楚，现在的朝廷根本不会支持自己改革，那做官又有何用？于是他选择蛰伏起来。

07

治平四年，宋神宗即位。这是一位憋着劲想改变现状，富国强兵的皇帝。

王安石这时才拂了拂衣袖，重新来到京城，呈上《本朝百年无事札子》。

两位目标相同的人一拍即合。

终于，熙宁变法开始。

王安石在全国范围内推行新法，财政方面有均输法、农田水利大法、免役法、青苗法等，军事方面有保甲法、报马法等。

此时，王安石也终于成为了宰相。

他看着全国浩浩荡荡的变法运动，想着一扫积贫积弱的强盛大宋的未来，满意地点了点头。

爆竹声中一岁除，春风送暖入屠苏。

千门万户曈曈日，总把新桃换旧符。

——《元日》

---

[1]《宋史·王安石传》："先是，馆阁之命屡下，安石屡辞。"

正值新年，王安石笑眯眯地听着"噼啪"的爆竹声，看着畅饮屠苏酒的人们。

寒冷的冬天终将过去，就像和煦的春风总会送来新的一年一样。

天降大任于斯人。

这大任，自己终于扛了起来。

08

可是王安石没想到变法会这样艰难。

保守势力极力阻拦，皇上也动摇不已，就连自己为其处处着想的百姓都在指着鼻子骂自己，一切都因为政策落到底层时已经被扭曲得不成样子。

可既然已经开始了，哪有停的道理？半途而废只会令已经做了的一切失去意义。

王安石知道，每一个黎明来到前，都是要经历死一般的黑暗的。

因此，他直面司马光的三次书信阻挠、郑侠所上的《流民图》、高太后哭诉的"王安石乱天下"，就算自己千夫所指，被塑造成大宋的罪人，王安石也不曾动摇。

"当世人不知我，后世人当谢我。"

可逐渐地，支持他的人越来越少，王安石越来越孤立无援。

他变成了在历史洪流里行走的逆旅人、在黑暗中浴血挥刀的独行者，也变成众人眼中的疯子。

熙宁七年四月，王安石被罢相。

登临送目，正故国晚秋，天气初肃。千里澄江似练，翠峰如簇。归帆去棹残阳里，背西风，酒旗斜矗。彩舟云淡，星河鹭起，画图难足。

念往昔，繁华竞逐，叹门外楼头，悲恨相续。千古凭高对此，谩嗟荣辱。六朝旧事随流水，但寒烟衰草凝绿。至今商女，时时犹唱，后庭遗曲。

——《桂枝香·金陵怀古》

王安石登高远眺，遥遥望着故乡的方向。

当年故都金陵何等繁华，可六朝君主也依旧相继灭亡。那些奢靡与腐朽，一切随流水散去，什么都没剩下，商女倒还会偶尔唱起曾经的乐曲。

王安石化用了杜牧的《泊秦淮》，讽刺这亡国之恨依旧流传于曲调，却毁于当权者的享乐。

只是如今他什么也做不了。

09

当他再次被拜相的消息传来时，王安石的心情十分复杂。他欣喜于还有机会继续改革，又恐还是失败结尾。

罢了，有希望便是好的。

京口瓜洲一水间，钟山只隔数重山。

春风又绿江南岸，明月何时照我还？

——《泊船瓜洲》

王安石回京途中，只觉神清气爽，毕竟神宗最后还是选择了支持自己。希望改革能如这一股春风，吹遍朝野。

可这次王安石做宰相仅仅只有一年时间。

他依旧处于孤立无援的状态，且改革派内部派系纷争也十分严重。

连内部都出现了问题，改革又如何推行？

这次拜相，似乎并不是上天给了他第二个机会，而是给了他一个画上句号的回答而已。

——死了改革的心吧，你身上并没有什么大任。

10

这次，王安石是自己请求离职的。

走到这一步，宰相什么的已经没有意义了。

他万念俱灰地离开了京城，而不过多久，祸不单行，长子也离世了。

这个曾经渴望化作春风的人，被永远地丢入了寒冬。

元丰八年，宋哲宗即位。保守派皇太后高氏垂帘听政后，立即起用司马光为相。至此，新法被全部废除，再无踪迹。

11

一年后，元祐元年四月初六，钟山。

王安石如同自己不复存在的新法，随着墙角的梅花消散了。

有人说他是疯子，有人说他狂妄执拗，有人说他是导致大宋最终亡国的罪人。

所以他到底是怎样一个人呢？

他的反对者苏轼会说，他是个就算他们革新派得势，仍会站出来救自己一命的好人。

他的妻子吴琼会说，他是个在三妻四妾为主流的时代，仍固执地一夫一妻到老的呆人。

他的故友王深甫会说，他是个"流俗之言不足恤"，坚守本心到死的痴人。

而他自己会说："若得家国强盛，百姓富足。虽千万人，吾亦往。纵身亡名辱，九死未悔。"

临终前，他唯一的遗憾和担忧便是大宋的未来吧。

至于其他的，世人爱他骂他，喜他怒他，都无妨。因为从头至尾，他都无愧于心。

行于凛冬，守望春天。

只问本心，无问西东。

应似飞鸿踏雪泥

苏轼

CIHUA SHAONIAN JIAN

文 二月殿下

大宋熙宁八年，时在日中。

密州，城外山冈。

山间密林之中，倏忽之间，几条训练有素的猎犬"嗖嗖嗖"地闪过密林。紧接着是一队两人一行、全副武装的猎手，也跟着行色匆匆地穿过林子，似是在追赶什么重要的猎物。

为首的是一个衣着更为考究的中年人。只见他头戴锦帽、身着貂裘、背负强弓，左手牵着一只黄皮细犬，身侧还跟了只在中原并不常见的苍鹰。

突然，东南方向传来一阵猎犬的狂吠。

"太守快听！老虎在那儿呢！"

"好，传令全队急行！"

命令以手势的形式次第传下。弹指间，猎手们眼瞅着要追上那条危害州城乡间已久的猛虎，可就在一行人将要穿出密林之时，太守却突然打手势叫停了队伍。接着又有手势传令而来：众人就地掩蔽。

这位太守便是苏轼。

苏轼方才一直跑在猎队的最前面，远远地就看到这只猛虎被先到一步的猎犬们包围在了一片旷原中间。三个昼夜的惊惶奔逃之后，那猛虎似已力尽，是故它虽屡屡欲以百兽之王的凶势逼退猎犬，但终不能突破包围。虽然此刻正是一举进攻的大好时机，但苏轼自知机会转瞬即逝，绝不能打草惊蛇，便立刻打手势叫停了身后的猎队。

接着，苏轼朝着猛虎的方向缓步趋前，在层叠的绿枝掩蔽下，轻轻取下身负的强弓。

密林之间，只听"嗖"的一声！

中箭的老虎痛得"嗷呜"一声咆哮，转身朝着箭羽射出的方向恶狠狠地猛扑过来！可就在扑到半空中时，它却突然不受控似的扑倒在地，两只铜铃一样大的眼睛不甘地扑闪几下，喘出几口浊气之后，终于不再动了。

老虎的脑袋被另一支白羽长箭射了个贯通，正流出汩汩鲜血。

02

大宋熙宁八年，时在日昳。

密州，坊市之间。

苏太守亲射猛虎的事迹很快传遍了全城，赢得了百姓们的交口称赞。

人们都在说，这位新上任的太守大人实在是身手不凡。

不过也有不信传闻的。这也难怪，若非亲临，谁能相信一位手不释卷的进士竟还有弯弓射虎的能耐呢？

为了犒赏同行的猎手们，带队回城后不久，苏轼便下令在城内最繁华的酒肆摆下宴席。此令一出，又引得全城百姓议论连连。

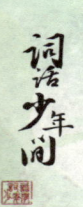

大宋疆土之下，官与民尊卑有别，为官者又多出身于名流世家，饱读圣贤诗书，不似寻常百姓常年在地里"刨食"，大字不识一个，是以官家人通常不屑与俗众为伍。而苏太守这位自京城来的达官贵人，先是打破了官家惯例亲率队伍为民除害，现在竟然还要与身为布衣的猎手们一起同桌而坐、开怀畅饮。

于是人们又开始说，这位新上任的太守大人实在是与众不同。

03

大宋熙宁八年，时在日入。

密州，城中酒肆。

太守苏轼自解私囊，包下了密州城中最好的一间酒肆，要在今日设宴款待此番围猎猛虎的所有参与者们。而早几天前，太守府衙内的几个小厮便在人流量最大的坊市间贴了布告：凡在此番猎虎行动中出过力的，不论其身份如何、功劳如何，皆可自行赴宴。

宴席初时，前来赴宴的百姓们还在顾念苏大人是京城来的"贵人"，一个个扭捏不安得像是新嫁的小媳妇，喝酒、吃菜都颇为拘束。但见苏大人毫不介意地与几位立下大功的布衣猎手碰杯畅饮之后，人们便也放开了胆子，开怀畅饮起来。

酒酣耳热之际，苏轼朗声唤来了身边小厮捧来一套文房四宝。他那双张弓射虎的手，此刻又握了一支蘸饱了墨的狼毫笔。接着，一首《江城子·密州出猎》如行云一般地在笔下淌了出来。

老夫聊发少年狂，左牵黄，右擎苍，锦帽貂裘，千骑卷平冈。为报倾城随太守，亲射虎，看孙郎。

酒酣胸胆尚开张，鬓微霜，又何妨！持节云中，何日遣冯唐？会挽雕弓如满月，西北望，射天狼。

——《江城子·密州出猎》

若是有通文墨的人在现场，此刻读罢苏轼这首新写的词，一定会惊喜地叫出声来。

这首词气势恢宏、刚劲有力，一改柳词所创的柔顺婉约之格调。在词的上阕，苏轼再现了自己此前为答谢全城百姓厚爱，亲自带人上山围猎猛虎时的场景，令人如临其境。在词的下阕，苏轼则描写了此刻猎虎大宴的盛况，又以西汉文帝时的名臣魏尚自比，直言自己期待能重新被朝廷起用，为国承担守边重任，表达了自己渴望报效国家、驱逐鞑虏、建功立业的壮志豪情。

全词不过寥寥数十言，所流露出的气度，又怎一个"狂"字了得！

"痛快！痛快！"苏轼撂下笔，看着这篇一气呵成的词作，忍不住哈哈大笑。

宴席之上，沉浸在宴席欢乐中的人们似乎根本没有注意到他。

小小的酒肆里，笑骂声、划拳声、行酒令声……声声入耳，热闹非凡。

而这夜，也更深了。

04

大宋熙宁九年，中秋。时在人定。

密州，太守府衙，庭院花厅。

皓月当空，银辉遍地。皎洁的月光洒在庭院里的一汪湖面上，清风拂过，如一池银碎。

此刻，身为一方太守的苏轼正独自一人坐在厢房内，饮酒吃糕、品花赏月、喃喃自语。在这个阖家团圆的欢乐节日里，显出了一副难得的落寞。

若是太守的这副样子被人传了出去，只怕城中的百姓们又多了一重谈资：这位新上任的太守大人看起来实在是孤独得很。

苏轼抬头，醉眼对上明月，颇不满地叫嚷道："月呀月呀，在下可有哪里惹恼了你吗？要不然，你为何偏要在我与子由分别的时候格外的圆呢？"

他本来不必孤独的。

当初，苏轼是圣眷甚隆的新科进士，又蒙当朝名臣欧阳修的提拔，仕途可谓一片光明。可没过多久，先帝驾崩，新帝继位后改用王安石为相，力推变法之策，引得举国上下大为震动。因与王宰辅政见不合，苏轼便自请外放为官，从此宦游多年。

中秋月圆之际，苏轼抬头望月，忍不住想到了胞弟子由。

自他离京之后，他与子由已有近七年未见了。虽然这期间，他们的书信往来从未间断，他也曾多次上书朝廷，请求调任到离子由近一些的地方为官，以求兄弟之间能够聚首一次。然而七年以来，这个愿望仍然没有实现。

苏轼为自己倒了一杯酒，抬手敬月，口中喃喃道："七年了，我都长出了不少白发，也不知子由的头发变白了没有。"

他突然哈哈大笑，笑自己人到中年了却还要多情伤怀。随后，他将杯中的酒一饮而尽，可放下酒杯的样子依旧落寞。

"再见子由时，我们还能坚守彼此步入仕途时的初心吗？"

即使是全城消息最灵通的府衙小厮也不会知道，苏轼这位"以开封府推官到杭州通判"，又调知密州的"贵人"，虽说是出于自愿外调历练，实质上却是被冷遇外放，仕途已极难再有起色。

更可笑的是，阻碍他的，不是西夏人，也不是辽人，而是"窝里斗"的自己人。

天将达旦，明月也已升到了正空。在这时辰里还醒着的人，除了倒霉抽到了夜间巡城签的捕快，便是辗转反侧、难以入眠的愁客了。

面对一轮明月，孤独的苏轼突然感到一阵心潮起伏，于是立刻寻来纸笔，乘酒兴正酣，挥笔写下了一首词：

丙辰中秋，欢饮达旦，大醉，作此篇，兼怀子由。

明月几时有？把酒问青天。不知天上宫阙，今夕是何年。我欲乘风归去，又恐琼楼玉宇，高处不胜寒。起舞弄清影，何似在人间。

转朱阁，低绮户，照无眠。不应有恨，何事长向别时圆？人有悲欢离合，月有阴晴圆缺，此事古难全。但愿人长久，千里共婵娟。

——《水调歌头·明月几时有》

愁人最爱天上月。苏轼的这首词也以中秋的明月起兴，围绕着早已升上枝头的这轮圆月展开了雄奇的想象和深刻的思考。在词的上阕，苏轼只用寥寥几笔，便勾勒出了一幅皓月当空、亲人千里的寂寞图景。他又引用嫦娥与月宫的上古神话，抒发了自己遗世独立、不欲与世俗同流合污的高洁情志。

在词的下阕，苏轼先是将明月"拟人化"，语气真诚地埋怨月亮"不解人意"，非要欺负他这样的孤独之人，"调皮"地从高楼檐角，跳入雕花窗棂，盯着他这样在中秋之夜辗转反侧的人看来看去。随后，他耐心下来，反思明月的阴晴圆缺，竟得出了明月与人间的相通之理，也终于让自己郁闷寂寞的情绪稍有好转。

"是啊，明月有阴晴圆缺，人间也有悲欢离合。这样的事自古难全，多得数也数不清，那我又何必独自伤怀呢？"他抬头凝视着皎洁的月亮，喃喃自语。

在词的最后，想通了的苏轼终于能以惯常的"乐观旷达"结尾。

"但愿人长久，千里共婵娟。"

"子由，此刻在这千里共沐的月光之下，我希望你能诸事皆全，岁岁平安。"

05

元丰五年，春，时辰不详。

黄州郊外。

自那举世闻名的乌台诗案之后，已过去三年了。

乌台诗案之后，侥幸逃过性命大劫的苏轼被贬到了穷乡僻壤的黄州去当一个芝麻小官。当年在密州满腔热血地写下"持节云中，何日遣冯唐"的苏轼，如今却成了不被朝廷重用的官场闲散人员。幸好，苏轼学会了以美景和美食之乐来排遣心中苦闷。

何以解忧，唯有"吃"和远方。

在黄州的日子里，苏轼经常出入当地的安国寺和金山寺，与继连方丈和佛印禅师谈禅论道，并成功跟寺院里的小沙弥们"打成一片"。他还经常与在当地结识的朋友们泛舟游玩，寄情于山水之间。苏轼深爱黄州的美景，尤其偏爱黄州的赤鼻矶，而黄州赤壁也因苏轼留下的一词两文，成为文史上著名的"文赤壁"。

这一天上午，苏轼原本约了几个朋友一起去郊外踏青。怎料在回家途中遇到天降大雨。朋友们纷纷狼狈躲雨，苏轼却不以为意，在雨中继续我行我素地前进。回家之后，他把这段淋雨步行的经历写成了词，这就是被许多潇洒之人引为座右铭的《定风波》。

莫听穿林打叶声，何妨吟啸且徐行。竹杖芒鞋轻胜马，谁怕？一蓑烟雨任平生。

料峭春风吹酒醒，微冷，山头斜照却相迎。回首向来萧瑟处，归去，也无风雨也无晴。

——《定风波·莫听穿林打叶声》

这首词借景抒情，语言诙谐轻松，以生活中一件寻常小事，写出了其对人生的深刻体验和毕生情志，生动形象地表现了苏轼虽处逆境而"不丧"的倔强与旷达。

在黄州又过了几年，苏轼忽然被调往汝州为官。汝州的位置离京城很近，人们都道这可能是他重获圣恩的前兆。唯有苏轼自己不以为意。

当他的政敌们还在为他可能东山再起而恨得咬牙切齿时，苏轼自己却正对着一大堆汝州特产的新鲜山菜陷入沉思。好不容易自创出了一盘新菜，他夹一筷子放嘴里一尝，好吃得不得了！于是，他立刻挥毫，写的却是做菜的事。

细雨斜风作晓寒。淡烟疏柳媚晴滩。入淮清洛渐漫漫。

雪沫乳花浮午盏，蓼茸蒿笋试春盘。人间有味是清欢。

——《浣溪沙·细雨斜风作晓寒》

不出政敌们所料，苏轼在调任汝州后不久，就被调回了京城，又在八个月内迅速升官，一跃成为正三品翰林。

可是好景不长，苏轼便又因为自己嫉恶如仇的性子，在朝臣的排挤下被贬出京城，辗转到了极为荒僻的惠州。此后他又多遭贬谪，最后病逝于宦游途中。

纵观苏轼大起大落的一生，虽然坎坷，却也足够欢乐。他不向世俗弯腰，不对权势献媚，始终保持着独立思考和作为文人的清高坚贞。只要得到机会，苏轼就会尽力用职权为民造福；如果遇到打击，他又会把自己调整到最佳状态，用积极的态度抵抗外界的风雨，用淡然和乐观来迎接生活的曲折。

壮志未酬的苦闷情绪和来自政敌的多番打压都没有将这位昔日风光无限的文坛

天才压垮，恰恰相反，宦游各地的经历给苏轼带来了大量的创作灵感，既丰富了他文学作品里的哲思，也丰富了今人的酒桌和菜谱。

06

建中靖国三年，七月，时在正午。

密州城内，坊市之间。

火烈的夏日升到当空，树上的知了闷闷地发出几声长鸣。坊市之间，几个玩累了的小孩正躲在一户人家的屋檐下乘凉闲聊。没一会，从户门里走出来一个拿着大蒲扇的长须老头，也靠着墙根坐在了他们旁边，半眯着眼睛假寐。

"哎，你们知道吗？俺爷最近常跟我说起咱们密州以前有位大英雄！"

"知道知道！听说他是京城来的大人，写的东西可有文采了！"

"听俺家大爷说，他曾经亲自射杀过一只大老虎，是不是！"

聊到兴起，不知是谁突然发出一句喟叹。

"唉，讲得再多，也不知道这个太守到底叫的啥名字。"

"是呀，俺爷太老了，讲个故事，连主人公的名字都忘了！"

忽然，一个孩子看到了旁边坐着的老头，惊喜地站起来问："大爷，您知道这个非凡的太守叫什么名儿吗？"

老头才如梦初醒，笑着点点头："知道，那位太守便是东坡居士、眉州苏郎。"

秦观 自在飞花轻似梦

CIHUA SHAONIAN JIAN

文 二月殿下

01

熙宁十年，徐州驿馆。

听差的小厮忽然跑进雅间，朝里面坐着的一位长髯相公作揖道："苏相公，有客找。"

里面的人正是当时闻名于世的大学士苏轼。他此番从密州调任徐州，官邸尚未办妥前，暂且住在驿馆中。

苏轼不解，心想："我在徐州并无熟人，怎会有客？也不知那人长什么样子。"

小厮似乎读懂了他的心思，抢先答道："来者是个方脸浓眉的青年人，穿一身宽袖绿袍，想来应该是个读书人。"

"那……便让他进来吧。"苏轼最不愿怠慢读书人。

小厮点头唱喏，匆匆退出门去，不一会领进来一个瘦高男子。

苏轼拱手道："在下苏轼。小兄弟，不知我们可曾认识？"

那男子双手捧过一张名帖和一卷诗词，恭敬地略微低下头，道："在下高邮秦观，字少游。久仰苏学士大名，特来拜谒。冒昧之处，还请见谅。"

"原来如此……"

苏轼点点头，伸手接过了名帖和诗词，饶有兴趣地翻阅起来。雅间里的空气静了下来，两手空空的秦观忽然觉得有点儿窘迫。他像活动筋骨似的微微张了张五指，随后握紧成拳，不动声色地快速缩回了身后。

"你的文笔很好呀！"读完了秦观的作品之后，苏轼颇为惊喜。

秦观觉得有些难以置信，索性大起胆子，道："那……那我可以跟您交个朋友吗？"

苏轼哈哈大笑，拍了拍秦观的肩膀："当然，从今天起，我们就是朋友了！"

次年，秦观应苏轼之请，为其写了一篇《黄楼赋》，由此正式拜入苏门之下，成为了苏轼的门生。

苏轼与秦观"互粉"后，两人的互动也多了起来。苏轼毫不吝惜表示自己对秦观的喜爱，逢人就热情地"安利"秦观，直言其有屈原、宋玉之才。苏、秦两人在徐州一起交游数月，游览了吴江、湖州、会稽等地的名胜古迹。离别后，秦观在苏轼的鼓励下，决定上京赶考。他满心幸福地带着偶像对自己的祝福来到京城，走进了考场，然后，就落榜了。

还连续落了两次。

这个故事告诉我们，适度追星，避免沉迷。

落榜之后的秦观很伤心。他少年丧父，家道中落，连读书的钱都是东拼西凑借出来的。离乡后的他原本一直流连于红花翠柳之间，逃避着所谓"光耀门楣"的重担，直到蒙受偶像兼人生导师苏轼的劝告，他才想要发奋读书，考取功名，一朝改变全族人的命运。谁知命运却偏偏最爱捉弄人。

于是，秦观开始频繁地给苏轼写信，希望能从偶像这里获得一些慰藉。

彼时的苏轼也正走在人生转折点上。由于"乌台诗案"，苏轼每天都过得提心吊胆的。但为了能让秦观早日振作起来，苏轼也努力给秦观回信、赠礼，并竭尽所能地在"文官圈"里多多走动，帮助秦观刷一波"NPC[1]熟悉度"。但苏、秦二人都知道，以苏轼现在的境遇，这种活动几乎毫无用处。

天性敏感多愁的秦观深深厌恶这种被宿命拿捏住了的感觉。为了摆脱命运的捉弄，他索性再度流连于市井之中，不再投身科考。

02

山抹微云，天连衰草，画角声断谯门。暂停征棹，聊共引离尊。多少蓬莱旧事，空回首、烟霭纷纷。斜阳外，寒鸦万点，流水绕孤村。

销魂。当此际，香囊暗解，罗带轻分。谩赢得、青楼薄幸名存。此去何时见也？襟袖上、空惹啼痕。伤情处，高城望断，灯火已黄昏。

——《满庭芳》

元丰二年，岁暮。

会稽山间，江水之上，时在日入。

天高云淡，像是有人随性地作了一幅淡水墨画。城门内的街道上热闹非凡，城外却是衰草连天、了无生气。城楼上传来的号角声也吹得期期艾艾，时断时续，催人断肠。斜阳之下，万点寒鸦点缀着高远的天空，一弯流水无力地绕着孤村而去。

一条客船上，一名身着宽袖绿袍的青年人此刻正站在船头，神色凝重地观察记忆着目之所见的这一切。船舱里，一名醉眼迷离的美貌歌妓正望着那青年人，双瞳剪水似的眸子里带着快满溢出来的哀怨和不舍。

"秦郎，你还要在那儿站多久？"

绿衣青年转过头去："就来了。婉娘是等急了吗？"

婉娘的脸蛋倏忽绯红一片，口上却不愿轻易服人："哼，谁要等你。只是夜深露重，我怕你着凉罢了。"

"那不也是在意我吗？"青年人笑了，眸子里的愁色终于被赶走了一些。

婉娘随便地披了一件外袍，柔柔地走到船头，与青年人并肩而立。

[1] 是 non-player character 的缩写，指的是电子游戏中不受真人玩家操纵的游戏角色。

"秦郎刚刚在想什么？"

"我刚刚在想'宿命'这回事。婉娘你说，人这一生，真的能战胜宿命吗？"

不等婉娘回答，青年人又道："我自己这前半生，落拓江湖不得志，沉浮半点不由己。年少时，我曾经厌弃官场，立志终生不仕、笑傲人间。即使被振兴全族的重担压着，我也不愿抛弃本性，违心去做我不愿意做的事情。直到结识恩师苏轼，我才有了考取功名的念头。等到我终于有心入仕时，却两科两不中。每思及此，不免感叹造化弄人。"

婉娘也不答他，只是将一双酥手柔柔地放在他的肩头，身子也慢慢倚了上去。

青年人侧过脸庞，看着满怀温香，轻轻叹了口气，语调缓和了一些："幸好，此刻还有你在身边。"

他抬头，望着天边的色彩渐渐暗去，神情肃穆得像一尊看透了人世纷纭的古佛。婉娘瞧着他的样子，便知趣地不再言语什么，只是安静地陪侍在他身边。连日的朝夕相处，已让她完全摸清了这位大宋词坛"婉约派词宗"的脾性。

过了好一会，青年人才从惆怅中回过神来，发觉婉娘还陪他站在初秋的夜风里。他有些抱歉地帮她裹紧了外袍，然后解开腰间的系带，取下贴身香囊，递了过去。

"我这一走，不知何时才能再与你重逢。这个香囊，留给婉娘你做个纪念吧！"

虽然早已预料结局如此，但听到青年人如此直白地说出来，婉娘还是忍不住落了眼泪。

夕阳渐去，天色渐渐暗了下来，黑夜正在有条不紊地侵蚀着天空中仅存的光亮。在舱内烛灯营造的一点明亮里，婉娘将她那柔嫩白皙的腰肢软软地倚靠在青年人的身上，任离别的泪水沾湿了他的衣襟与袖口。

"秦郎，秦郎，你走了，我可怎么办呢？"

"婉娘，别怕。以后若有机会，若你到时还没忘记我，我一定回来找你。"

青年人的拳头暗暗握紧，语气坚定。

船尾摇橹的老人藏在日渐西沉的灰暗里，默默地注视着这对在烛火中依依话别的年轻男女，脸上的表情古井无波。

船行渐远，夜幕降临，两岸上点起了万家灯火，与满天星斗遥相辉映。

03

元丰年间,江南一带的青楼酒巷之间开始流传起一首名为《满庭芳·山抹微云》的词。这首词的作者就是"当世第一青楼女子之友""苏门四学士"之一的秦少游。

虽然秦观只是一介布衣,且行为放荡不羁,常常流连于青楼酒馆,与歌姬、舞伎相伴。但即使是最讲究格调的高门雅士,读了这首词之后,也不得不赞叹其笔法高妙。尤其是开篇首句的一个"抹"字,更是颇有深韵。因为这首《满庭芳·山抹微云》的传唱度实在太高,秦观自此便多了一个江湖雅号,叫"山抹微云君"。

常言道,人生总是有得必有失。

秦观虽然在情场和词坛都颇为得意,但在能决定读书人一生命运的考场上却只剩下了失意。自从两次参加科举失败后,秦观着实消沉了好一阵子。多亏了老师苏轼的鼓励,又得到文坛老前辈兼前任宰相王安石的赞许,他才重新振作起来,再次复习备考。

元丰八年,三十六岁的秦观考中进士。

秦观本以为,考中进士就能迎来属于读书人的美好结局。可直到考上了,他才发现进士及第不过是漫漫仕途的开始。

彼时,朝政大权掌控在改革派大臣手中,作为对立面的保守派大臣多受贬谪。秦观与他的老师苏轼虽然不属于保守派,却也因过于刚直不屈,不为改革派所待见。因此,作为苏轼的门生,初入仕途又没有背景的秦观只被朝廷赏了一个芝麻小官。

可是就连这个芝麻小官,自命高洁的御史言官们也不愿让秦观做得舒服。他们抓住了秦观早年间流连于花柳之地的经历,参他品行不端的奏疏像寒冬腊月的雪片一样砸向了三省,还一度牵连到了外放途中的苏轼。被迫卷入党争的秦观就这样成了矛盾两方公认的活靶子,他也逐渐厌倦了这看似风光无限、实则风雨飘摇的仕途之路,萌生了退隐之意。

偏偏就在这时,宿命之轮再度转了个圈。

他的恩师苏轼回京了。

回京后的苏轼,第一件事就是到处引荐秦观。秦观这才在苏轼、范纯仁等文坛名人的保举下稳步高升，历任太学博士[1]、秘书省正字[2]，后来又被调到国史馆，负责编修国史。

元祐七年，这应该是秦观一生中过得最舒服的一年。彼时，秦观不仅能常伴老师苏轼左右，还与其同门黄庭坚、晁补之、张耒三人一同在国史馆工作，能够与师友时相过从。可惜，这段欢乐的时光并没有持续多久。

绍圣元年，新帝亲政，改革派大臣趁机卷土重来，苏轼和"苏门四学士"再度遭贬。苏轼本人一路被贬到瘴气漫天的儋州。秦观也被赶出京城，先是调任杭州通判，赴任中途又改贬处州，任监酒税之职。

04

纤云弄巧，飞星传恨，银汉迢迢暗度。金风玉露一相逢，便胜却人间无数。

柔情似水，佳期如梦，忍顾鹊桥归路。两情若是久长时，又岂在朝朝暮暮。

——《鹊桥仙》

绍圣四年，七夕夜。

郴州的江上飘着一叶扁舟。一个宽袖绿袍的中年人正站在船头，安静地欣赏着夜空的点点星光。船尾仍站着一个表情淡漠的摇橹老人。这场景如同十几年前，他在会稽江上的某一夜。十几年来，似乎一切都没有改变，只是此刻，他身后的船舱里，空无一人。

中年人抬头，极目远眺，似乎要看破这苍天。轻柔多姿的流云，在满天星河之间变化出许多精巧的图案。他心里想，若是民间传说所言不虚，这天上织女的手艺想必是非常高超了。可是这样美好的人，却也像他一样，不能与自己心爱的人相伴相守。

---

1 太学博士：宋神宗元丰三年设置。主要负责分经教授学生、考校程文，以德行道艺训导学生。
2 秘书省正字：秘书省是官署名，藏有全国的典籍图书。秘书省正字是官名，北齐始置，隋、唐、宋沿置。与校书郎共同负责校证典籍，订正讹误。

他喃喃自语："还好今日是七夕，织女能够渡过银河，与牛郎重逢于这金风玉露之夜。久别恋人的重逢之刻，真抵得上人间万事。"

就在前一年，秦观任处州监酒税之职时再遭贬谪，削秩改为编管郴州。南迁途经长沙时，他遇到了一个人，一个青楼歌女。

秦观与那位歌女相识于一场酒宴，当时，她是陪侍在侧的歌姬。第一次见面时她穿的什么衣服、唱的什么曲子，他都已记不清了。他承认，自己与她见面之初并未存着别的心思，甚至没有多看她一眼——他常年流连于青楼酒巷，早已见惯了红酥手、黄縢酒的场面，原本也不会对一个寻常歌姬动心的。可是，他却始终记得那天她对自己说的一句话。

"小女子家世倡籍，一出生便要过这种日子。宿命这东西，哪儿有逃脱的法子呢？"

或许是因为同被宿命所扰，自此，他就记住了她。

以戴罪之身南迁赴任，时间紧、压力大，秦观原本不该在路上停留。但他却偏偏为了她停留了下来，还专门去了她家里拜访。

那女子只当他是寂寞难解的行客，也不赶他走，而是破例请他进屋上座，与他闲谈。只是将青楼里的美酒换成了盖碗茶。

女子笑问："你可知在我们歌女看来，当世谁的词儿最好？"

秦观沉默片刻，摇了摇头。

"我觉得呀，是秦少游的词最好！听说你在京城做过官，那你可见过他吗？"

秦观又摇了摇头。

女子轻轻发出一阵银铃般的脆笑，道："我呀，最喜欢秦少游的乐府。可惜我这儿离他太远了，每次还要托人打听他的新词。可只要打听到了，我就会立刻入乐演唱。这儿方圆几里的人们都知道，我娇娘唱的少游词是最好听的。"

秦观有些动容，终于掏出证明身份的名帖和文牒，开口道："在下，就是秦观。"

那歌女听闻，又惊又喜，立刻殷勤款待。此后数日，秦观都与她同进同出，遍歌淮海乐府。在歌女的陪伴下，秦观抑郁消沉的情绪也有所缓解。可他终究是戴罪南迁之人，即便彼此之间心照不宣，但他们也都清楚，他总要离开的。

"秦郎，我想陪着你南下，好不好？"

此刻，他站在郴州的船头，想起临别前的那一夜，歌女忽然对他说了这句话。

他记得那一夜，自己凝视着女子真诚的脸庞，第一时间涌上心头的，却不是感动，而是遗憾与痛心。贬谪之身，人命危浅，朝不保夕。为了不牵连他人，他早已遣散了家中姬妾。如今，他自身尚且难保，又如何能确保恋人的安危呢？

于是，他与歌女洒泪而别，并与她约定：将来北归重逢之日，便是双宿双飞之时。

不知在船头站了多久，秦观才从似梦似幻的回忆中走了出来。

他又抬头，望着愈发透亮的满天星河，心中又升起了对宿命的嘲笑——都说上天有情，可天若有情，又怎会舍得让一对有情人长相分离？都说七夕是情人相聚的美好日子，可方才借以相会的鹊桥，转瞬就成了织女与爱人分别的归路，这究竟是上天有情，还是宿命捉弄？

想到这儿，他不免笑出了声。

"两情若是久长时，又岂在朝朝暮暮……

"此刻，在这月光下，你是否也在思念我呢？"

船尾摇橹的老人藏身在夜幕的黑暗里，默默注视着这个自抒愁绪的中年男子，脸上的表情依旧古井无波。

船行渐远，夜幕降临，两岸是亘古不变的万家灯火。

05

到了郴州之后不久，秦观又接连被贬到横州、雷州……官越做越小，地方也越贬越偏。由于与苏轼过从甚密，秦观被贬到横州时，连人身自由都被剥夺了。在荒凉偏僻的横州，秦观贫病交加，每天却只能在监察官员的严密监视下过日子。做什么事、联系什么人都要事先向地方官打报告，每隔一段时间还要给朝廷上交"检讨书"。这样的日子过久了，本就感慨于宿命捉弄的秦观越发觉得抑郁难平，也越来越觉得自己命不久矣。

被贬雷州后，久病缠身的秦观冒天下之大不韪，亲手给自己写了挽词。也许又

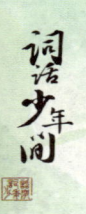

是宿命的捉弄，这篇挽词写完后不久，秦观就赶上了新帝登基、大赦天下。此时大宋政坛局势大变，迁臣多被召回，秦观也被一纸诏书放还横州。然而，多年的积郁早已让他病入膏肓。最终，秦观带着满腔对新生活的渴望，病逝在了回京途中。

作为江湖上有名的"山抹微云君"，秦观病逝的消息很快被传开来。人们终于有心寻找这个常带愁绪的瘦高男子过去的踪影。

当年与他在会稽相伴的舞姬婉娘，早已不知所踪。

当年与他在长沙缱绻数日的江湖歌女，听了他的死讯，行数百里为他吊孝，哀恸而死。

北归途中的苏轼此时也已白发苍苍、久病缠身。在得到秦观的死讯后，苏轼老泪纵横，悲叹道："可惜，世上再无秦少游了。"

从皇祐元年到元符三年，前后历经五十一度春秋，这位"古之伤心人"[1]，终于安稳地离开了这个令他多愁善感的尘世。

---

[1] 冯煦《蒿庵词论》："淮海、小山，古之伤心人也。其淡语皆有味，浅语皆有致。"

李清照

花自飘零水自流

CIHUA SHAONIAN JIAN

文 夏眠

　　昨夜二更天下了雨，一直到五更才停歇，落了一地的海棠花。临安的海棠花和别处的不一样，春日里头雨一打，花瓣将将落在地上，剩下的花骨朵说什么都不肯丢落枝头，大有你奈我何的气势，要是官人知道，肯定要说，这海棠花一定是和我居得久了，才会生出和我一样的脾气。

　　官人……李清照哑然失笑，无意间瞥见桌上写了一半的词，答应给歌女的曲儿竟然给忘了。她连忙关上窗子，回到桌前，砚台早就干了，恍惚间，好像看到一个熟悉的人影，小心地在研墨，而端坐在桌前提笔写字的那个女子，是几十年前的她，世人都说，只羡鸳鸯不羡仙，殊不知世间最悲伤的是莫过于曾经的鸳鸯，如今的形单影只。

　　李清照出生那年，海棠花开得特别早特别盛，世人都说这是一个好年，对于她

111

的父亲李格非而言，也是如此。他抱着自己的女儿，说要让她成为大宋最无忧无虑的女孩儿。

李格非言出必行，确实也没怎么拘着李清照，她和其他男孩儿一样读书认字，也和其他男孩儿一样喝酒漫步，有时候喝醉了，还被人告到父亲那里，父亲总是严肃地点点头，然后笑着找女儿打趣儿："看吧，丑样又被人瞧见了。"

"什么丑样？"李清照不服气，"那是他们不辨美丑！等哪天一定让他们统统服气。"

李格非笑得更厉害了，说："择日不如撞日，你今天就让他们开开眼吧！"

开就开，自己还怕了他们不成？可李清照想了想，论拳脚她也不会，论酒量到底不雅，那就干脆论诗才吧。她拿出纸，即兴写了一首《如梦令》，递给了父亲，好叫他们见见世面。

没想到，自己赌气写的诗没落到那些黄口小儿手里，却落到了晁补之的手上，论辈分。他是父亲的前辈，苏门四学士之一，自己的父亲也只能算苏门后四学士。据说，晁补之看李格非的眼神里，全是羡慕和赞赏。后来，李清照因为写了张耒《读中兴颂碑》的读后感，又被张耒大加赞赏了一番。不知何时起，提起李格非的名字，后面跟着的不再是苏门后四学士，而是那个做得一手好文章的李清照的爹。

身在闺中，才名在外，当然是值得骄傲之事，只是李清照从未预料，自己与他的初见，竟也是如此开场。

"你就是才华横溢的那位奇女子，久仰大名。"他站在海棠花下，举手投足宛如春风绿了江南水，不知怎的，春风爬上了李清照的面颊。自己的哥哥一见，笑了起来："真是奇了，今天一杯酒都未喝呢，你怎么就脸红了。"李清照瞪了兄长一眼，却发现自己脸上更热了。

世人都说李清照和赵明诚是神仙眷侣，模样、才华、出身无一不相配。既然他们这么说了，李清照也就大方地笑纳了！大婚当日，一身红色的赵明诚摸着李清照的头发，握着她的手说："知你素日在家里自在惯了，如今在我家，你也尽可随意，我不能保你一世荣华富贵，但在我有生之年，一定许你全凭本心，自在快活。"那时的李清照，看着满床的红枣、桂圆，手里拿着两人的结合髻，心里满是欣喜，心想这便是人们所说的结发夫妻了吧。多年之后，她才明白官人的"全凭本心"是如此珍贵，只不过，当时只道是寻常。

之后，他们俩经常携手，穿过人声鼎沸的相国寺，去那里的市场淘些古旧的金石玩意儿，也会去朋友那里借阅些难得一见的古籍，一入夜，便连夜点着灯，或是赵明诚抄写，或是李清照提笔。有时抄得累了，二人还会联词，她作一阙，他和一阙。闲暇时，赵明诚便拿着词去找朋友品鉴，朋友读完，指着一处说道："这三句绝佳，其余逊色多了。"赵明诚一看，这不是自己内人写的《醉花阴》吗？他哈哈一笑，回来竟将这事儿当趣谈说与李清照听，李清照也曾好奇过："官人，你一点都不嫉妒吗？"赵明诚一愣，笑得更欢了："嫉妒什么？若是这样说，应当是别人嫉妒我，他们可娶不到这么好的娘子。"

李清照写信给父兄，告诉他们，自己找到了天底下最好的男子。

没多久，父亲给她回了信，却让她之前的信誓旦旦成了一场笑话。

那年，皇帝让蔡京当了宰相，不知怎的，就开始翻旧账，涑水先生、东坡居士统统被划为元祐党人，被世人称作奸党。李格非身为苏门后四学士也难逃责罚，罢官也就罢了，每日还担惊受怕。

幸好家中还有另一条出路，赵明诚的父亲一路高升，官拜尚书左丞，李清照写了一封又一封的信，求他对自己的父亲多加照拂，一直未有回应，而且多以政务繁忙难以启齿推脱，李清照也只能去央求赵明诚救一救自己的父亲。赵明诚起初也帮她写信，后来则是唉声叹气，到了最后只能一言不发。李清照甚至好几次都想前去跪求公公，可每次都被自己的父亲和哥哥阻止，哪怕他们处境已岌岌可危，也希望李清照能平安无事。

那一夜下了极大的雨，李格非被打回原籍的消息传了出来，李清照静静地坐在窗前，官人在一旁。李清照知道赵明诚在陪着自己，可两人已无言。赵明诚买了李清照最爱的酒，最喜的果子，时时宽慰李清照，可她还是生自己的气，而赵明诚站在她身后，默默地陪她看窗外晴雨。

桥头的水波澜不惊，李清照烦闷之余便出门散心，再过几日，便到了梅雨季，之前收藏的金石器得收起来。正当李清照在心里盘算着藏品放哪儿时，身后的店铺里传来了细碎的聊天声。

"赵衙内至今无子？"

"是呀，虽说他家良人才高八斗，但身为女子，无所出到底是一大憾事。"

"诶？那赵左丞的意见呢？"

"不止，他家大娘似乎要替衙内张罗纳妾，无后则无福啊！"

李清照的脑子"轰"的一声，手中的伞应声跌落。她沿着路一直走，却不知道往哪里去，去哪里都显得是个外人。初夏的雨，原来也会凉得刺骨，过往一幕又一幕在眼前浮现，她跌跌撞撞，终于停了下来，满地的海棠花，破败不堪。这才宛然想起，最初遇到赵明诚时，也是海棠花开的时候，没想到短短几年，这海棠便开不下去了。她蹲在花丛底下，夜覆了上来。

之后她做了一个很长的梦，梦里自己身处火炉，热得喉咙都发干发涩，似乎有人握着自己的手，喊着自己的小名，嘴唇上有湿润的感觉，她贪婪地抿着嘴唇喝着水，等她睁开眼，看到了熟悉的布置。她沙哑着声音喊了一句，卧榻上的人立刻翻身起来，是赵明诚。他急匆匆地过来，见李清照口渴得厉害，立刻端了一碗温水凑到了她面前，不料她喝得太急还被呛着了。赵明诚拍着她的背替她顺气，讷讷地说："心里不痛快，大可以找我闹一闹，千万不可跑出去了。"

后来，李清照才从侍女这里知道，赵明诚那天冒着雨出去找，最后在花荫底下找到了晕过去的李清照。她高烧了三天，他就守了三天。两个人的关系似乎又随着李清照的病愈回到了从前，没想到，一纸命令落下，好像一道银河从此以后劈开了牛郎织女星。

李清照和她的父亲是旧党，赵明诚和他的父亲是新党，蔡京主张新旧两党不得通婚。两人只能分别，可短短一段路竟硬生生走了一个时辰，末了，两人站在渡口，一人在船上，一人在岸上，相顾无言。

就在李清照转身那刻，赵明诚出了声："我不另娶，无子便无子。"

眼泪汹涌而出，李清照知道，自己嫁给了天底下最好的男人。李清照对着侍女说："告诉父兄，我绝不另嫁。"

之后两人的书信亦频繁往来，但李清照只能看着窗外的西楼满月，想着过去的日子：一种相思，两处闲愁，此情无计可消除，才下眉头，却上心头。[1]

没想到，就在她打算清绝一生时，赵家又派人接她回去，原来赵明诚的父亲又高升，能和蔡京分庭抗礼，于是立马上书要求大赦天下。

李清照刚下车，便不顾仪态，好像初见时，朝赵明诚飞奔而去。两人又回到了携手看夕阳逛相国寺的日子，可这样的日子还不到半年，家公病逝，蔡京复位，而他们还未来得及收敛悲伤，赵家就被下了罪，很快就有人入狱，还被夺了荫封。父兄派人来劝了几次，李清照回了信，打发他们回去。当年自己的父亲落了难，赵明诚对自己不离不弃；现在他落了难，自己也要与他相濡以沫。

青州虽远，李清照还是去了。古有陶渊明傍山而居，随遇而安，那今日起，她便自号易安居士。青州不如京城繁华，倒也乐得自在，两人时常烹茶闲聊，日子过得拮据倒也凑合。后来，赵明诚为了养家要去外地赴任，李清照为他收拾行装，送他远行，临别时，他调笑道："我一走你可别有新欢了呀。"李清照笑着回答："你等着瞧。"

没想到李清照还真的有了新欢——打牌。

一口酒一副牌倒也能打发时间，只是两人一直无所出，非议之声不绝于耳，李清照躲在房里，等着赵明诚归来，"静中吾乃得至交，乌有先生子虚子"[2]，他答应过自己，自己自然也要等着他。

可她等来的，不只是赵明诚，还有震惊天下人的"靖康之耻"，堂堂将士竟然纷纷卸甲，本应让天下人信服的巍峨天子竟然不战而降。李清照愣在原地，大宋有文臣武将，将帅一心，为何要降？！于是她携带着多年收藏的辎重，一路前往江宁，

----

1 李清照《一剪梅·红藕香残玉簟秋》。
2 李清照《感怀》。

寻找正在服丧的赵明诚,一路上,波折不断,凄惨良绝。

可两人相聚未多久,又添了新战事。李清照对侍女说:"万一城破,我决不苟活。"侍女拉着她的手不愿意离开,决意同李清照一起。李清照想起了儿时父亲给自己讲的那些沙场故事,正准备备战时,小厮前来说要带她离开。

离开?去哪儿?自己的丈夫不是要驻守江宁吗?等到了乌江口,她才知道,赵明诚,自己心目中天底下最好的男人,罢守江宁,连夜出逃。两人相见时,赵明诚甚至不敢回头看李清照,李清照坐在船头,看着滔滔的乌江之水,无数的委屈和绝望喷涌而出,自己是女子无计可施,可这些男儿为什么?她想起了死在乌江边的那个男人,不自觉地脱口而出:"生当作人杰,死亦为鬼雄。至今思项羽,不肯过江东。"[1]

脱了困,许是路上受了寒,到了建康,赵明诚一病不起,李清照从未料到那次便是死别,只记得他拉着她的手:"良人,怕不是再看不起我了。"怎会?!李清照拉着他的手,诚如当日自己一病不起时,他拉着自己的手一样。原以为赵明诚不久便会康复,可世间最悲哀的,莫过于原以为。

赵明诚去世后,李清照亦大病一场,病中她仿佛又回到海棠花开的那天,自己央着哥哥,求着带他来见自己。

李清照看着赵明诚留下的收藏,两人曾经一起抄写的碑文,对自己说,无论如何,为了这些心血,自己都要站起来。

之后她拉着十几车的辎重,一路辗转,终于抵达了杭州。西湖的风暖得让人安心,可这一路竟丢了好些文物书藏。

正当李清照无所适从时,一个温润又似曾相识的声音响起:"前方可是易安居士?鄙人张汝舟,唐突了。"他对李清照处处照拂,他说愿他有生之年,能庇佑李清照一生平安。于是李清照便嫁给了他。

直到得知他是冲着自己的名头和收藏来时,李清照梦才醒了。恶语相向,拳打脚踢,他以为李清照一介女子一定会忍,可李清照偏不!而且毫不犹豫地状告了他,哪怕大宋律法写明,妻告夫则入狱,也在所不惜。

---

[1] 李清照《夏日绝句》。

待在狱中，李清照写信给曾经的友人，现在的翰林学士，他们纷纷前来相助，而她拒绝和张汝舟相见，除非两人离婚。他们都说李清照变得大胆妄为了，而李清照笑了，他们以为自己是那个求助无门的小女孩，还是一个历经波折丧夫的寡妇？这世间，不会再有第二个赵明诚了。当初李清照十几岁以一首《如梦令》名动京城，初春时，少女微醺尽兴而归，如今已是晚春，弹指三十年，只剩物是人非事事休，欲语泪先流。

此后，李清照便不再愿意吟诵风月，只想延续赵明诚的遗志，一边整理他的《金石录》，一边给歌女写写词。一天又一天，仿佛是七十岁后的那一天，她站在窗前，外面下了一场太阳雨，雨水落在海棠花上，隐隐约约中，她看到一个人影朝自己走来，向自己伸出手。

"我不能保你一世荣华富贵，但在我有生之年，一定许你全凭本心，自在快活。"

周邦彦

年去岁来，唯音乐不朽

CIHUA SHAONIAN JIAN

文 明戈

01

最让教书先生抓狂的，从来不是调皮捣蛋的学渣。

毕竟真给自己惹生气了，不论戒尺揍一顿或是门外罚站，于情于理都说得过去。

可遇上的若是恣意放浪的学霸……

"衣冠不整！仪态不端[1]！给我出去站着！"书院先生气得直吹胡子。

"先生莫气，昨晚写了篇文章，不如先看看？"学霸微微一笑。

半晌。

"佳赋……佳赋啊！"先生忍不住惊呼出声，学霸却是懒洋洋地歪倚在桌边。

先生不情愿地收起了手中戒尺，清了清嗓。

"上课吧。咳咳……不束衣带也罢，许是天太热了。"

由于学霸太过放荡不羁爱自由，平时又刻苦到百家之书[2]全在手，这种性格大反

---

1 《宋史·周邦彦传》："疏隽少检。"
2 《宋史·周邦彦传》："而博涉百家之书。"

差也使他在全州都相当有名。

"欸，快看，是那个不守礼节的学霸！"街边有行人冲他喊道。

学霸转过身来，白净书生般的面上却挂着浑不懔的表情。

"说谁是学霸，怎么骂人呢？"

学霸挑了挑眉。

"哥叫周邦彦，是个神仙。"

02

此言一出，周邦彦爹娘心情十分复杂。

"儿子的确成绩优异，不守礼节也就算了，疯了可还行？"

面对大家的关切目光，周邦彦并没有多做解释。毕竟他自己也说不清为什么想做神仙。也许因为全家信道，也许因为从小觉得神仙很酷，总之他开始严格按照神仙的标准要求自己。比如既要干一行行一行，还要我行我素不落俗套。

"学神囿于一处像什么话，我要去看看世界了。"

周邦彦微微一笑，昂首走进乡试考堂，这将是他振翅飞翔的第一个跳台。

"出去。"

周邦彦被考官撵出了考堂。由于他平时行为过于懒散放纵，上头十分生气，因此压根没给他乡试名额。

所谓巧妇难为无米之炊，学神难考没卷之试，周邦彦还是第一次在关于学习的事上栽了跟头。不过他半点儿失落的情绪都没有。"公派留学"泡汤了，"私费旅游"总行吧？

周邦彦收拾好行李，兴冲冲开始去荆州长安等地旅游，一玩就是三年。可玩着玩着，周邦彦觉得不对劲了。以往都是在学霸的光环下兴风作浪，现在却是毫无头衔地恣意散漫，那不真成差生了？

元丰二年八月，神宗诏增太学生额。于是周邦彦火速赶往京师开封，大笔一挥，考进了太学。

• 119

再次有了学霸头衔的他也没有令大家失望,书包一扔,开始逃学。

那时的开封奢侈之风正盛,可谓红灯绿酒,歌舞声乐,繁庶京城。周邦彦自打看见这般光景,太学里就再没看见过他的身影。

歌伎们的婉转歌喉似乎点燃了他心底的某簇火焰,他的创作欲前所未有地猛烈燃烧起来。

逗晓看娇面。小窗深、弄明未遍。爱残朱宿粉云鬟乱。最好是、帐中见。

说梦双蛾微敛。锦衾温、酒香未断。待起难舍拚。任日炙、画栏暖。

——《凤来朝·越调佳人》

周邦彦丝毫不在意自己词的尺度有多大,旁人是否会因此诟病他,全然写自己所想。于是一首首露骨却不低俗的香艳之词,源源不断从这位自由过火的神仙笔下流出。

以往为乐曲作词的人大多文化水平不高,词格颇低。而文人墨客的词虽文采斐然,但又极难融入曲中。可周邦彦却宛如天才一般,能将两者融合得恰到好处。

"柳阴直,烟里丝丝弄碧。隋堤上、曾见几番,拂水飘绵送行色。登临望故国,谁识。京华倦客?……斜阳冉冉春无极。念月榭携手,露桥闻笛。沉思前事,似梦里,泪暗滴。"

——《兰陵王·柳》

明明只是描写送别,可周邦彦没有写得一览无余,而是层层递进,回环曲折。第一节引出回忆,点明主题,后又翻回折柳送客的往事,再续昨夜别宴,想象离别,最后以短句起首第三节,令别离之绪节奏激昂,紧接着又放缓,融情于斜阳之景,暗自垂泪挥别。全词没有一句充数的辞藻,且萦回曲折,张弛有度,三叠三换头。

就这样,周邦彦只是随手写写而已,没想到突然写火了。全京城的学士、贵人……都在传唱他的词,唱过他词的歌女们身价都会大涨,因此歌女们更是以能唱到他的词为荣。

周邦彦看着身后一大片挥舞着荧光棒的狂热粉丝,不禁陷入了沉思。

——看来自己大抵真是个神仙,AKA(又名)开封词神。

03

许是因为太早找到了人生爱好，又或许是为了验证神仙干一行行一行，总之这位达成学神、词神成就的男人又跑去走仕途了。

元丰六年七月，周邦彦向神宗献上《汴都赋》。这赋文长达七千字，其中皆为古文奇字。皇上看后让翰林学士李清臣诵读一遍。李学士拿到手却面露难色，因为大部分字他也不认识，于是只能支支吾吾地读偏旁部首。

神宗大惊，竟然能难住翰林学士，这周邦彦学识该有多深不可测？更不用说这赋文还赞许了王安石的新政。有实力又有眼光，赏！经此一事，周邦彦名震京师，更是在次年三月直升为试太学正。

可这个看起来较高的起点，并没有为周邦彦带来众人想象中的扶摇直上，因为不过一年，支持新政的神宗就逝世了，旧党掌权后，便把周邦彦排挤出了京城。旁人都惋惜不已，周邦彦也没说什么，只是更加投入地写词。

"燎沈香，消溽暑。鸟雀呼晴，侵晓窥檐语。叶上初阳干宿雨，水面清圆，一一风荷举。

故乡遥，何日去？家住吴门，久作长安旅。五月渔郎相忆否？小楫轻舟，梦入芙蓉浦。"

——《苏幕遮·燎沈香》

夏日湿气颇重，焚香消暑，看鸟雀檐间嬉耍，水清波平，荷花圆正，都别有一番趣味。若说最大的心事，那便是有点想念故乡了。不知幼时的玩伴是否也会忆起自己？

周邦彦用白描的手法，清清浅浅地描绘了一个荷塘边的夏日，不尚雕琢，满是自然简单的画面。

可诗词外的他的生活，却远没有这么简单。

周邦彦离开京城后，回到了杭州，后赴庐州就职，次年又赴荆州，五年后转知溧水县……直至绍圣四年，哲宗才召回周邦彦，任他为国子主簿。颠沛不定的生活让周邦彦明白了，仕途并不是这么好走的。

周邦彦猛一拍大腿："神仙是不会轻言放弃的。"

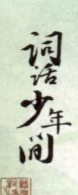

可能是周邦彦天上的同行听到了他的呼声，于是丢给他一个机会。

元符元年，哲宗在崇政殿诏周邦彦，命他再诵《汴都赋》。说白了就是再拍一拍皇家的马屁，歌颂一番大宋的江山社稷。

这有何难？周邦彦高声诵完了十五年前作的《汴都赋》，也迎来了秘书省正字的职位。只是任职后，周邦彦并没有想象中的开心。

不过两年，朝廷再度启用旧臣，新党被贬。一年后，徽宗亲政，又再次支持新政……新旧两党的交替令他的生活持续起起落落，他也在起落中开始反思起自己为什么一定要试试仕途，为什么神仙就要行行都行，以及自己为什么要当神仙。

后来宋徽宗设立了大晟府，命周邦彦讨论"古音审是"。重新接触音乐的周邦彦再次感觉到了久违的快乐。

他在词的艺术技巧上花样翻新，又精研词字，令词的声字更加规范严密，使词曲不再如同分离的两部分，而是和谐统一。他更是搜集审订了八十多种词调，还创制了不少新调。他的灵感似乎永远不会枯竭，在音律的世界里，他宛如创天造地的神。

政和六年，周邦彦拜秘书监，次年接替蔡攸提举大晟府。面对仕途的步步高升，他只是将自己的书房改名"顾曲堂"，并无太大波澜。

不过月余，各地纷纷上报"祥瑞沓至"。这个早就贫弱不堪的王朝的皇帝像是抓住了救命稻草，喜上眉梢，命将此事传遍京城。还有什么比词曲传唱更快更广？

可当蔡京找到周邦彦开门见山说明来意时，他却摇摇头拒绝了。他不信，也不想。

多讽刺啊，明明自己一直想做神仙，这可是天降祥瑞，有什么不信的呢？

这么好的机会，明明可以一举封神，助仕途攀上顶峰，有什么不想的呢？

周邦彦只是笑了笑，道："某老矣，颇悔少作。"[1]

---

[1] 周密《浩然斋雅谈》卷下："（徽宗）以近者祥瑞沓至，将使播之乐府，命蔡京微叩之，邦彦云：某老矣，颇悔少作。"

05

周邦彦知道拒绝意味着什么,果不其然,他被贬出了京城。不过他并不后悔。半辈子在新旧两党间漂浮,早就让他疲惫不堪。至于神仙这件事……

宣和二年,赴南京上任的他遇上方腊起义。一路东躲西藏,后所幸遇到一位曾经相识的歌女,酒菜招待了他。而不过一年[1],他便在南京鸿庆宫斋厅病逝了。

为后人啧啧称奇的是,据说周邦彦曾在梦中得《瑞鹤仙》一首,其中字句皆与他最后的遭遇相符[2]。众人都说,神仙才能预知未来,而末句"犹喜洞天自乐",也意味着他一直有得道升仙的夙愿,结局也如他所愿。

可事实真的如此吗?

任流光过却,犹喜洞天自乐。

周邦彦在临终时,眼前走马灯般闪过自己这一生。逃课的学霸,跑去当官的词神,冲撞上司的官员。永远我行我素,放荡不羁。也许他要的神仙,不过是自由罢了。

所以当他在音乐的世界里获得了一切,他才不许这自由之地受到玷污——任凭你泼天的权贵,也休想我退让半步。

周邦彦静静地阖上了双目。他耳畔隐约传来一阵悠扬的曲调,和着年少时的清脆声音。

薄纱厨,轻羽扇。枕冷簟凉深院。
此时情绪此时天,无事小神仙。[3]

---

1 又或宣和五年。
2 王明清《挥麈馀话》卷二记曰:"美成平生好作乐府,将死之际,梦中得句而字字俱应,卒章又应身后,岂偶然哉。"
3 周邦彦 《鹤冲天·溧水长寿乡作》。

大危机！周邦彦的求助信！

文 明戈

> 你是恋爱事务所的一名工作人员，专门负责帮人处理各种恋爱中的疑难杂症。
>
> 今天，你收到了一封不太一样的求助信……

不确定是谁的接收者：

你好，在地上捡到一张你们用奇怪纸张写的告示，说可以帮忙解决恋爱问题。但这个地址我不太清楚，后面这串数字也看不太懂，抱歉只能用写信的方式联系你们了。

情况是这样的，我有个非常喜欢的女生，但同时又有个有点强的情敌，所以想问问你们有没有什么解决办法。

鉴于情况比较特殊，信上不太方便明说，不知可否派个专人来面对面交流一下？

就约在城西小石板路的第三块砖碰头。

非常感谢！

音乐天王
周邦彦

好家伙，竟然是一封来自古代的信。

你将情况上报给了总部，发现之前也有过类似的时空混乱现象。于是本着"造福天下情侣"的人道主义精神，你不得不穿越到了宋朝，来执行这次的恋爱大危机任务。

01

一睁开眼，你便看到周围宛如古代电视剧一样的画面。街道古色古香，行人衣袖翩翩，还有……

眼前一张放得无比大的成熟帅脸。

"姑娘你好！看你躺在第三块砖上，想必你就是前来帮助我的人吧？"周邦彦满脸写着期待。

"啊对对，我就是。"你连忙站起身来，拍了拍身上的灰。

"我已经在最好的酒楼定了位置，我们去那儿慢慢聊吧。"周邦彦伸出右手做了个"请"的动作。

"好啊，恭敬不如从命。"正好你也想尝尝古代的菜。

酒楼。

"对了，你说的那个强劲的情敌是谁啊？"你吃着鱼羹问。

周邦彦给你倒了一杯酒。

"呃……哈哈哈哈哈，先喝酒。"

"谁啊？快点说，我们好商量对策。"你一饮而尽催道。

周邦彦小声飞快嘟囔了一句："赵佶。"

你一口喷出了嘴里的酒。

"告辞。"

"哎哎哎，别走啊，我给你这个数！"周邦彦一把拉住你，伸出了三个手指头。

哦？竟然有额外收入？

125

你仔细想了想，决定：

Ⓐ 向金钱低头
跳转4

Ⓑ 保命要紧
跳转6

02

"就送她词！她不就喜欢文艺成熟挂的？"你一锤定音。

"行。"周邦彦点点头，"大后天我们就见面了，到时候你帮我把风参谋。"

"妥。"

三日后。

"啧啧啧，这装饰真是奢靡又高雅。"你还是头一次来这种地方，忍不住感叹道。

"跟紧点。"周邦彦一把扯住女扮男装正四处张望的你。

你随他来到二楼，到了一间比其他都精致的房门前。

"小师，我来啦。"周邦彦三长两短地敲了敲门。

随着里面的女子身姿袅娜地将房门拉开，你看呆了。

——远山眉黛长，细柳腰肢袅。妆罢立春风，一笑千金少。[1]

古人说得真是一点都不夸张。

美丽而不俗媚，高贵而不清冷。世间竟有此等女子。

李师师看你不错眼珠的样子，掩面"扑哧"笑了一下，而后唤你们进了屋子。

"周郎可作了新词？"李师师斟了三杯酒，眼睛发亮，语气欢快。

"那是自然，有首专门写给你的。"周邦彦从袖子里掏出来一张纸。

铅华淡伫新妆束，好风韵、天然异俗。彼此知名，虽然初见，情分先熟。

炉烟淡淡云屏曲，睡半醒、生香透肉。赖得相逢，若还虚过、生世不足。

——《玉团儿·铅华淡伫新妆束》

---

1 晏几道《生查子·远山眉黛长》。

李师师接过来，看后面露笑意，对你说道："这词让我想起了我和周郎第一次见面那天。"李师师脸上泛着红晕，"你不知道，其实我早就听闻过他的大名。他真的好有才华，词曲双绝，气质和其他男子都不一样。"

你能感觉到眼前女子对周邦彦毫不掩饰的倾慕之意。

"见面后，我们更是觉得相见恨晚，而且仿佛好多年前就认识似的。"

"好多年前你还没出生呢……"你心里不由感慨一句，但面上还是连连点头赞叹道。

"这就是传说中的缘分呐！"

而后二人饮了几杯酒，便开始唱起词来。虽然未做沟通，但两人像对彼此心领神会一般，音调相和。

你在对面边跟着旋律拍掌，边有些改变了之前的看法。

也许这世界上真的有如此灵魂契合的爱情，二人都不图对方其他，只求精神上的融洽。

"天色不早了。"周邦彦看了看窗外，站起身来。

"无妨，皇上感了风寒，今日应是不会来，再饮几杯再走吧。"李师师挽留道。

周邦彦转头看向你，你才想起自己恋爱军师的身份，思考了一下后决定：

  Ⓐ   Ⓑ

推拉战术——离开 乘胜追击——留下

  跳转5   跳转9

03

的确，你的方案太冒进了。

万一有个闪失，铸成的历史错误你可担负不起。

你不再说话，叹了口气。

"怕是以后再无机会听你唱词了。"周邦彦苦笑了下。

李师师眼中带泪。

"无君词，妾唱何词？"

"哎，快走吧，耽搁久了皇上该怀疑了。"周邦彦叮嘱道。

你看着眼前的两个人，心中百味杂陈。

周邦彦看出了你的情绪，拍了拍你的头。

"你都这样了，还安慰我？"你一吸鼻子，闷声道。

"我方才突然想通了。其实拥有过就足够，现在也许是最好的结局。"

周邦彦眨眨眼睛，柳树枝软软地拂过他的肩膀。

"那些最美好的记忆是不会随着离别消失的。它们会永不褪色地留在我的脑海里，这又何尝不是种幸福？"

夕阳温柔地照在这个词人身上，镀上了一层浅浅暖暖的光晕，让你有种在梦境中的不真实感。

"再见，我的恋爱专家。"

达成结局：记忆永留

04

"哎，来具体说说你和那姑娘的背景情况吧。"你又给自己倒了一杯酒。

"嗯……我们是在烟柳之地认识的。"

烟柳之地……宋徽宗？

等会，他说的该不会是……

"李师师？"你脱口而出。

"你也知道小师？！"周邦彦激动地一把握住你的手。

"呃……略有耳闻略有耳闻。"你连忙附和几句。

"她太漂亮了，倾国倾城！歌唱得也好！真是一丁点缺点都找不出来。"周邦彦眼里冒着粉红泡泡，而后突然想起来了什么，用力一敲桌子。

"竟然被那臭皇帝抢了！他可是大了小师快十岁！"

"那您比小师大？"你抿着酒。

周邦彦声音突然小了下去。

"三十岁左右吧……"

"但是年龄不重要！"他又扬起嗓音，"我们从不在意这些，我们寻求的都是精神层面上的东西。"

"比如？"

"我写词，她吟曲，郎才女貌，天作之合啊！"周邦彦一拍大腿，"人家亲口和我说的，就喜欢我腹有诗书气自华的样子，有种成熟又脱俗的魅力。"

你一边听，一边掏出专业的记录本记录分析，眉毛越拧越紧。

"您先停一下……"你打断了正口若悬河的周邦彦，"从我们专业的角度分析，现在咱们这边总结下来就是说，一个年轻多金，是一国之君；一个有才没钱，是老男人。"你不再说话，挑了挑眉，示意让他自己对比一下。

周邦彦听后沉默了，低着头眉头紧锁十分钟，而后抬起头认真问道："然后呢？我没觉得他比我差很多啊？"

可以，人自信则无敌。

你叹了口气，拿出工作手册："现在最好的方案就是，你继续发挥你的优势。她喜欢你有才，你就用诗词砸死她。"

周邦彦想了想，反驳道："可是我们的关系有些停滞了，我再延长我的长板也依旧漏水啊。我觉得应该拿钱砸死她。"

好家伙，还知道木桶效应。

你一番思考后，决定下一步的方针为：

(A) 使用词海战术 — 跳转 2

(B) 发动钞能力 — 跳转 7

05

"不了不了，周兄也有点身体不适，我们下次再来。"你对李师师解释道，而后便扯着周邦彦火急火燎离开了。

"干吗这么快走？"周邦彦疑惑道，"小师都看出来有古怪了。"

"这你就不懂了吧。"你高高扬起头，"人家正在兴头上，你突然走了，对方心里肯定空落落十分难受。会一直想着你为什么离开，是不是自己哪里做得不够好？何时你再来？"你得意道。

周邦彦愣了片刻，而后感慨一句："好会，好渣。"

你一挑眉毛。

"这叫技术！"

第二天。

你是被周邦彦"咣咣"的砸门声砸醒的。

"完了完了！昨天皇上去小师那儿了！"你睡眼惺忪拉开房门，就看见周邦彦像头炸了毛的狮子，搓着头发嚷道。

"怕什么，又不是没去过。"你疑惑道。

"都知道皇上最近追得紧攻势猛，我昨天走那么快，人家肯定会觉得我是怕皇上啊，多没男子气概！"

"这……"你还真没想到这里。

"加上皇上每次来都拎一堆东西，这次保不齐又整了什么新鲜玩意，要是真讨得了小师欢心……"周邦彦委屈巴巴。

你连忙拍拍他的肩膀，安慰道："不慌，咱们还没输呢不是？这样吧，你……"

走到这一步，你决定：

Ⓐ 让周邦彦也送东西 跳转7

Ⓑ 继续送词 跳转10

06

罢了罢了,命要紧。跟皇上抢女人,几个脑袋够玩的?

"这个,您另请高明吧,在下才疏学浅。"你打着哈哈,准备往外跑。

"你要是不帮我,这顿饭就还请你结个账。"周邦彦拦住了你。

"呀嘁!不就一顿饭么。"你无所谓笑道,"花点钱留个命怎……"

正说着,你低头看了眼账单总额,眼珠子差点掉下来。

"命算什么?"你含泪颤抖道:"说帮你就帮你!"

跳转4

07

"把兜里钱全拿出来,咱们看看送什么。"

周邦彦点点头,从兜里稀里哗啦掏出来一堆既不金灿灿也不银亮亮的铜板。

你听到了报酬破碎的声音。算了,谁让是任务呢……

"这点钱够干啥的?"

你头都大了,咬着牙开始思考,苦思冥想半个小时后。

"要不买个假宝石吧。"你摆烂了。

"能行吗?人家会看出来的吧?"周邦彦天真地眨着眼睛。

"或者你带她去旅游,去她这种娇柔女生平时绝对没去过的地方,说不准会显得你像有品位的富二代。"就这点碎钱,你实在想不出别的装有钱人撩妹的办法了。

周邦彦点点头。

"行,那我是选旅游还是假宝石?"

反正都是矬子里拔大个儿。你犹豫片刻后决定:

(A) 假宝石 — 跳转11　　　(B) 旅游 — 跳转15

· 131

"信我的，没问题。"你向李师师点点头。

一日后。

"你让李师师和皇上说了什么？竟然把我召回来了？"周邦彦拎着行李，大包小裹地闯进了你房间。

你讳莫如深地笑了笑，而后道："以毒攻毒，不破不立。"

"怎讲？"周邦彦搬来小板凳。

"皇上本来就对你们的关系心存芥蒂，那不如让师师直接在他面前哭着唱你的离别词，把皇上的情绪激到最大化，而后再让师师解释你们不过是惺惺相惜，是皇上想多了。"

"皇上愤怒到极点后又吃了颗甜枣，况且在美人面前要彰显自己大度的帝王气概，加上他本就爱才，你自然不会被贬了。"

周邦彦一拍大腿。

"你还真是有点东西！"

"行了，危机顺利度过，你回去吧，后面追师师的事我自己来。"周邦彦开始往门外送你。

"不是，怎么不用我了？不是刚说完我有点东西？"你挑眉嚷道。

"如果不是你，我也不会遇上这么个危机。"周邦彦摇了摇头，"是有点东西，但不多。"

"那你再遇着事给我写信啊！我们可是过命的交情了！"你站在门外喊道，毕竟你是真舍不得这里的鱼羹。

"知道了战友！我要继续给师师写词了，再会！"

达成结局：歃"鱼"为盟

09

"既然师师这么说了,那岂有拗了美人意的道理?"你拉着周邦彦又坐了下来。

推杯换盏,莺歌燕舞,银篦击节。

继鱼羹后,你头一次感受到作为古人的快乐。

你们正到兴处,只见门外有个妇人闯进来,慌慌张张道:"不好了皇上来了!人已经上楼了!"[1]

皇上不是得了重感冒吗,这就从病榻上好了?

你一边慌乱地同周邦彦躲到床底下,一边感慨自己算是对爱情的力量开眼了。

"师师——"

你从床底缝隙里看见宋徽宗脚步轻快地走了进来,手里竟然还拎了一兜橙子。

"师师,这是江南进贡的鲜橙,前脚进宫后脚朕就给你送来了。"

好家伙,爱心便当?

你正惊叹皇上真会谈恋爱,一扭头看见周邦彦牙咬得咯咯响,眼睛直冒绿火。

第二日。

你回房间补觉,醒后,便瞧见周邦彦在桌前奋笔疾书。

并刀如水,吴盐胜雪,纤手破新橙。锦幄初温,兽香不断,相对坐调笙。

低声问:向谁行宿?城上已三更。马滑霜浓,不如休去,直是少人行!

——《少年游·并刀如水》

这不正是昨晚的情景吗?好一首醋意横飞的词。

"你说,我这首词给不给她看?"周邦彦扭头问道。

你思考了一番后决定:

    Ⓐ 给她看   Ⓑ 不给她看
    ▸跳转13   ▸跳转16

---

[1] 张端义《贵耳集》卷下:"道君幸李师师家,偶周邦彦先在焉,知道君至,遂匿于床下。道君自携新橙一颗,云'江南初进来'。"

"写完没呀？"你拿着小棍催促道，"都磨蹭了几日了？"

自从你们决定继续送词开始，周邦彦就呆呆地坐在桌前，拿着笔一个字都写不出来。这时你有点慌了，该不会脑子……

"周邦彦？小周？周周？你别吓我啊。"

你心下一凉。人家平时都是笔走龙蛇一挥而就的主儿，现在竟然？任务吹了不说，这相当于你折了个历史上的大大啊！你正薅着头发在屋里来回踱步，周邦彦走了过来，递给你了一首词。墨迹未干，估计是一分钟前落笔的。

太好了太好了，脑子没坏……你放下心来。

眉共春山争秀，可怜长皱。莫将清泪湿花枝，恐花也、如人瘦。

清润玉箫闲久，知音稀有。欲知日日倚阑愁，但问取、亭前柳。

——《一落索·眉共春山争秀》

"这是……"你以为自己会错了意，张口又问道。

"哎，思前想后几日，我觉得不该再继续耽误小师了。"周邦彦叹了口气，"虽说我也不怎么喜欢皇上，可跟着他总比跟我过得好。不如借着这个机会，我就退身为她的蓝颜知己吧。"

"当然，最好的结局是小师能找个爱她的，年纪相仿的好儿郎嫁了，安安稳稳，幸福快乐地过日子。"

你看周邦彦神色认真，也不再说什么。

"爱情和面包的难题，真是从古至今都难解。"

"什么？"周邦彦问道。

"没什么。"你摇头笑了笑。

任务消失，也算是完成了任务。可你心头却莫名升起一丝怅然。

比起那些轰轰烈烈感天动地的爱情，谁又能说甘愿放弃的不是真爱呢？

达成结局：为爱成全

11

"完蛋了,师师看出来了。"周邦彦垂头丧气道。

"我们买的不是高高高仿吗?"你一骨碌爬了起来。

"被骗了,那贩子是从小作坊买的低仿。"

"都传开了,现在大家都说我是诡计多端的穷男人!嗷!"

周邦彦号了一嗓子,扑到了床上。

任务失败

12

"不!"你一摇头,"出来混要讲义气,说帮你全家就帮你全家。"

"事到如今,还有什么办法?"你托着下巴思考起来。

一周后。

"识君一场,就此别过。"周邦彦果然被贬了,对你拱了拱手道别。

"嗯……朋友一场,也没什么能送你的……"你支吾道。

"有礼物?"周邦彦声调微微扬起。

"就送你离开吧。"

"……"

"别急啊。"你连忙补充道,"我是说让她……"

你说着,把身子一闪,露出了后面的李师师。

经过上次的事,窗户让皇上给封了,你只得在楼底下蹲了三日才碰到她。

"让她好好为你饯行吧,我就不打扰了。"说着,你走到了一旁,背过身去。

不一会,身后传来了李师师婉转的歌声,似乎是周邦彦刚作的离别之词。

柳阴直。烟里丝丝弄碧。隋堤上、曾见几番,拂水飘绵送行色……念月榭携手,露桥闻笛。沈思前事，似梦里，泪暗滴。[1]

——《兰陵王》

听着歌声，你忽然心生一计。二人道别完毕，你把李师师拉到一侧。

"你想不想帮周邦彦？"你神秘兮兮道。

"自然想，你有办法？"她眼神一亮。

"那你等会儿回去后，就在皇上面前唱这首词。"你说完，李师师开始用一种看疯子的眼神看你。

"皇上惜才，你若唱得动人，再用些语言技巧，说不准他就不会被贬了。"

李师师面露难色："可上次的事不就是……况且若皇上听后震怒，再将他……"

李师师的话不无道理。

你思考片刻后决定：

Ⓐ 听师师的话　跳转3

Ⓑ 按你的原方案　跳转8

13

还有什么比一个自己仰慕的大文豪为自己写吃醋词更开心的事？

"给她看！必须看！"你毫不犹豫道，随后一把抢过这首词。

"你在屋补觉，这事儿交给我办，瞧好吧你！"你一拍胸脯。

西有罗密欧窗下弹吉他，东有你往窗上扔宋词——大包大揽得太快，令你忽视了你这种小卒连楼都进不去的事实。终于，你费了九牛二虎之力才把词扔进了师师的窗户。你松了一口气，拍拍手离开。

一日后。周邦彦怒气冲冲来到了你房间。

"师师没找你吗？"你疑惑道。

"皇上倒是找我了！"周邦彦"啪唧"一下坐到床上。

---

[1] 陈鹄《耆旧续闻》："美成至角伎李师师家，为赋《洛阳春》。"

"昨日他们两个正饮酒,结果一个纸团从窗外飞进来,正好砸到了皇上脑袋上,打来一看是我的词!"

"皇上问我是怎么知道的,这下可完了。"周邦彦头往下一垂。

有的人还活着,但已经死了,比如你俩。

"等等!"你突然想起来了什么,激动道,"你们当年的宋太祖立过一个规矩,不杀文臣!"

"死不了也逃不过被贬。"周邦彦生无可恋地靠在床头。

"算了,这本来就是我自己的事,你走吧。"周邦彦叹了口气,"我是文臣你可不是,别再把命搭上。"

"这……"

面对周邦彦的提议,你决定:

A 采用 跳转14

B 拒绝 跳转12

14

"好吧……很抱歉没能帮到你。"

"帮到了。"周邦彦眼神空洞,口中喃喃。

嗯?!听了他的话,你更不好意思了。

"没……"周邦彦继续喃喃道,"帮倒忙了。"

任务失败

15

三日后。你看着回来汇报的周邦彦，气不打一处来。

"让你带她旅游，谁让你带人家玩极限运动去了？"

"我不是想着与众不同嘛……"周邦彦一瘪嘴。

"那你就去攀岩？！还给人家姑娘的脚摔骨折了？"

你气得直摇头。由于师师生病，宋徽宗见缝插针殷勤示好，很快博得了美人心。

任务失败

16

"算了，别给她看了，显得你多小心眼。"

"行吧。"周邦彦叹气点了点头，"就是憋火。"

随后，一连几日你都未见周邦彦出门，也许是火还没消吧。周邦彦没动作了，可皇上那边却是乘胜追击。

李师师见周邦彦再不来找自己，以为他放弃了，于是转而接受了皇上。

任务失败

注：

本文中周邦彦、李师师和宋徽宗的故事多见于《耆旧续闻》《贵耳集》等笔记小说，正史上并无相关记载。

宋词情话手札

文／顾闪闪

爱情自古以来就是最为难解的谜题，告白更是人生路上最难的一场面试。

朋友，你是否还因一个人去瓦舍看戏而被指指点点？你是否还在冰冷的睡榻上孤枕难眠？别人小两口去 K 歌，唱的都是各种情歌串烧，只有你还在号着"神啊救救我吧，一把年纪了，一个爱人都没有"的保留曲目。每每这时，你难道就不渴望一段唯美的爱情吗？

今天来听我们这场讲座的单身朋友们，大家有救了！

这篇《宋词情话手札》中，不仅有告白的经典案例，更有多位恋爱导师有针对性地传授恋爱技巧。不要九九八，不要九十八，只要你跟着学，就能把心爱的他（她）带回家！

首先，让我们一起来看看，恋爱天才李清照女士的这首《点绛唇》：

蹴罢秋千，起来慵整纤纤手。露浓花瘦，薄汗轻衣透。

见客入来，袜刬金钗溜。和羞走，倚门回首，却把青梅嗅。

只能说易安居士一出手，就知有没有，只需不到五十个字，男朋友轻轻松松钓

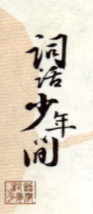

到手!

我们看开篇女主角在做什么动作?

对,荡秋千,东坡居士就曾写过"墙里秋千,墙外道。墙外行人,墙里佳人笑"[1],蹴秋千的少女自然而然就给人一种健康清新、天真活泼的感觉,比起没什么存在感的文静型少女,让人见了便心生喜爱。荡完秋千后,她纤细柔嫩的手有些麻了,但玩累了也懒得动,只慵懒地站着,不远处花瓣上露珠点点,恰似少女的轻衫也被薄汗浸透了。

到这里有些女同学就有点害羞了,说我和他还没见过几面,也不是很熟。刚荡完秋千,金钗滑下来,鞋也来不及穿好,怎么好意思和心上人见面?

这时候李老师就向大家展示了正确操作:男子看到这么娇憨美好的女孩,自然想上来说话,结果她先是"和羞走",到这还没完,在心上人追随的目光中,又"倚门回首",含情对视,但看也不傻傻地定睛看,而是假装去嗅身旁的青梅,梅花清香,美人如玉,交相辉映。

一句话,极限推拉算是被她给玩明白了。

既给心上人留下了极为美好的印象,还有了目光的交流,最关键这种交流是点到为止的,在相对保守的大宋朝,非但不会显得轻浮,反而营造出一种朦胧感,让"他"忍不住想更多地了解你,少女心爆表,小心机满满,难怪能把初恋赵明诚迷得神魂颠倒。

什么?

姑娘你说你是究极社恐,连上面这些都做不到,但还想和喜欢的公子告白,该怎么办?这是有点难搞,不过我推荐你试试《长命女·春日宴》中的"非正面告白法":

春日宴,绿酒一杯歌一遍。再拜陈三愿:一愿郎君千岁,二愿妾身常健,三愿如同梁上燕,岁岁长相见。

作者冯延巳是南唐时候的人,比宋朝要早一点,但这也不耽误我们学习脱单小技巧。冯老师"非正面告白法"的精髓在于"迂回"。

---

[1] 苏轼《蝶恋花·春景》。

开口就说"哥哥你好帅，我好喜欢你"这种简直太俗了。我们的女主角首先挑了一个好时候：春日的宴会上，暖风和煦，落花如雪，大家的心情都是轻松而舒畅的，加上喝了点小酒，惬意中带着几分微醺。

这时，她翩翩登场了，也不看向心上人，只是广袖舒展，清歌柔声，再拜之后许下了自己的三个心愿，每个愿望也都各有看头：首先便是"一愿郎君千岁"，你在我心里是第一位的，连我自己都比不了，而我对你也没有功名利禄上的期望，只盼你长命百岁；而后才轮到自己"二愿妾身常健"，但"妾身常健"却不全然为了自己，而是为了长久地陪伴你，和你厮守在一起；这也就指向了第三条终极愿望——"三愿如同梁上燕，岁岁长相见"。

我们可以想象，她在唱这首歌谣的同时，恰逢春暖花开，屋檐下院子中，燕子双双来去。此情此景，她口中的"郎君"听完这三个心愿，该是多么感动。

这位女子巧借发愿的形式，真挚地表达自己的爱意，形式上本就格外有创意。你再模拟下场景：妙龄女子双手合十，眉眼低垂，虔心祷告，古装剧女主的氛围是不是就烘托出来了？不过许愿的语言也请务必组织好，"信女愿一生荤素搭配"这种就不必了。

如果你不幸错过了春日告白季，没关系，七夕同样是个好机会。接下来这首《鹊桥仙》，便是七夕告白的典型范例，请一定要记好笔记：

纤云弄巧，飞星传恨，银汉迢迢暗度。金风玉露一相逢，便胜却人间无数。

柔情似水，佳期如梦，忍顾鹊桥归路。两情若是久长时，又岂在朝朝暮暮。

秦少游不愧是情场老手，写起情诗来那叫一个动人。试想一下，七夕乞巧节，你和这样一位风度翩翩的才子同站在桥上，抬起头看星星看月亮，桥下是千百盏璀璨的河灯。这个时候，他突然转过来对你感叹："金风玉露一相逢，便胜却人间无数。"声音悦耳，是要多有磁性就多有磁性，你的脸一下子就红了，支支吾吾打岔道："你说的是这天上的牛郎织女吧？"他笑笑，摇头："不，是我和你。"

即使知道很快就会分别，但眼下的柔情是真的，这咫尺间的风花雪月也是真的，你不禁想到，牛郎和织女踏上鹊桥时，也是这般不舍吧？他却偶侃一笑，宽慰你道：

"两情若是久长时，又岂在朝朝暮暮。"

男孩子们，都学到了吗？花前月下，甜言蜜语，哪个女孩不迷糊？但女生们也要擦亮双眼，最近经常有渣男挪用最后两句话，为自己的不负责任做借口，一定要注意辨别，不要放任他们以"多情"为名义，玷污爱情的神圣殿堂。

以上这些小技巧仅适用于同城恋爱，异地恋的教材我推荐李之仪导师的这首《卜算子》：

我住长江头，君住长江尾。日日思君不见君，共饮长江水。

此水几时休，此恨何时已。只愿君心似我心，定不负相思意。

异地恋的终极敌人是什么？时间与距离。当时也不像现在，没事可以视频聊聊天，或者让外卖小哥跑腿送束花过去，情人一分开，除了偶尔的一两封信件外，便是音讯断绝，天各一方。在这种情况下，如何让爱情保鲜呢？李之仪给出了答案。虽然我们一个住长江头，一个住长江尾，日日彼此思念却不能见面，但仔细一想，我们喝的都是长江的水啊，联系这不就来了！或许在单身人士眼里，这就是典型的没啥聊的硬往上蹭，但在热恋的人眼中，这就是顶级的浪漫呀，便好比唐朝张若虚在《春江花月夜》中写的"此时相望不相闻，愿逐月华流照君"，有异曲同工之妙。

但这滔滔的长江水不仅是两人之间仅有的联系，更是阻断彼此相见的障碍，无限伤感之下，便有了大宋异地恋情侣"个性签名榜"榜首的这句："只愿君心似我心，定不负相思意。"

距离上的困难，我们可以克服，即便这微弱的联系仅仅是"共饮一江水"，但时间的消磨呢？你会不会随着年月过去，将我慢慢淡忘，而我还在江的另一头无望地思念你？

说到底，所有异地恋情侣的夙愿无非是：多希望我在想你的时候，你也在想我。

有同学举手说，虽然学了这么多案例，但无奈在下没文化，实在讲不出那些精致的辞藻，难道从此失去择偶权了吗？当然不是，宋朝有一位姓施的酒监，也不见得多么学识渊博，但他也写了一首《卜算子》，赠给自己心爱的歌姬乐婉，用词质朴，也照样打动了佳人，赢得了对方的芳心。

相逢便情深，恨不相逢早。识尽千千万万人，终不似、伊家好。

别你登长道。转更添烦恼。楼外朱楼独倚阑，满目围芳草。

是哪个会说话的小情郎，又在姐姐心上重重地开了一枪？大道至简啊有没有！施酒监不像秦观，也说不出那些星啊月啊的词，临别时他拉着姑娘的手，似哀似叹，甚至有些憨憨地说："乐婉，我认识天下间那么多人，都不如你好。"而那个叫乐婉的歌姬，漂泊于风尘之中，听惯了青楼楚馆的油滑之语，头一次被人这么直率地夸赞，不是夸"身姿窈窕"，不是夸"歌喉动人"，只是单单一个"好"字，附加上一句"相见恨晚"，魂就随那人去了。哪怕天涯路远，再不能相见，日后拨弄琵琶，哼起《卜算子》的曲调时，脱口而出的亦都是"识尽千千万万人，终不似、伊家好"。

看了这么多恋爱小甜词，是不是也该鼓起勇气，想去表白了呢？说到底，这些小技巧的作用不过是在爱情的路上锦上添花，重要的还是坦诚面对自己的心，真正行动起来。喜欢谁，就快点去告诉他（她）吧！

八千里路叙豪情

—— 第三站 ——

八千里路叙豪情　文/拂罗

了却君王天下事，赢得生前身后名。可怜白发生！[1]

在靖康耻的嘶吼与不平声中，文人们眼含热泪开始"衣冠南渡"的飘零生涯，由北宋自南宋转变的动荡，也影响了此时的词风。

南渡后，旧日繁华如梦一场，令人心魂欲裂。李清照的词风由少女时期的清新明丽转为"寻寻觅觅，冷冷清清，凄凄惨惨戚戚"的哀婉惆怅，她用旧风格表现全新的内容，为南渡后的文人们树立了榜样，被尊为"易安体"。

金人入侵，民族存亡，词的作用已远远不再是凭栏浅唱，众多文人开始捉笔为刀，悲愤写下慷慨激昂的文字。主战派人物岳飞、张孝祥、李纲等人不甘居于南方，他们日夜盼望收复北地，写下了许多爱国的豪放词。

南渡之初的混乱过后，局面偏安，人们逐渐屈于"稳居南方"的虚假和平，士大夫消极畏惧金人，文坛风格也变得萎靡不振，软弱琐细。

悲痛之下，辛弃疾与陆游从中脱颖而出。

辛弃疾一生都在等待收复失地的机会，但盼来的只有朝廷一次又一次的屈辱求和，这让辛弃疾等爱国人士不得不以词诉愤，所以，"辛派词"的豪放中满是忠肝义胆的爱国颜色。不仅如此，辛弃疾还将词的表现拓宽到了最大程度，不仅可用于抒情，亦可用于议论。

陆游则集百家之长，重振了北宋时的豪迈词风。他的词风比辛弃疾的"豪"更加悲壮，比苏轼的"放"则更加沉郁，这也影响了南宋后期的整体词风。

请扫描此处－查收此间留音 》

---
[1] 辛弃疾《破阵子·为陈同甫赋壮词以寄之》。

辛弃疾

却将万字平戎策，换得东家种树书

文 · 明戈

灵魂渡口，顾名思义，即摆渡灵魂的地方。

可当灵魂在人世间经历过巨大的痛苦，死后便会封闭自己。有的会彻底遗忘世间一切，有的甚至会混合过往，重新为自己构筑出一个新的人生，而后永远迷失在渡口。

你赶到那里时，远远便瞧见在来去纷纷的灵魂中，站着一位与周遭环境格格不入的男子。

他身姿伟岸挺拔，腰悬宝剑，身披戎装，正伫立在渡口边举目远眺，手一下下地轻拍着栏杆。

"辛弃疾。"你唤了唤他的名字。

他转过身来，身后的红披风轻轻摆动。

没错了，这便是你此次的任务对象，你要帮他找寻过往的真实经历。可由于你并不属于这个世界，你对历史的记忆也被迫屏蔽了一部分。

"你认识我?刚好,你知不知道要怎么离开这里?"辛弃疾看向你,目光如炬。

"这……"你一时语塞。

"我方才在临安大捷,却莫名来到此处。虽然这次彻底击退了金贼,可仍要留神戒备蒙古,我必须尽快回去。"他急迫道。

临安?

你仔细回忆了一番,却隐约觉得有哪里不对。

你决定:

(A) 自己寻找哪里出了问题　　**跳转5**

(B) 告诉他实情让他发现问题　　**跳转10**

02

你一遍遍看着这段经历,不放过任何一个细节。

可惜你浏览了十余次,并未发现破绽。

于是你只得重新回到渡口。

【搜查点-1】

跳转11

03

"醉里挑灯看剑,梦回吹角连营。八百里分麾下炙,五十弦翻塞外声。沙场秋点兵。马作的卢飞快,弓如霹雳弦惊。了却君王天下事,赢得生前身后名。可怜白发生!"

你帮他背出了这首《破阵子》。

"梦回吹角连营……"

可辛弃疾却口中喃喃,似乎陷入了沉思,不再与你说话。

任务失败

04

集齐四条破绽，可开启本章

"那场战役胜了，后来呢？"你闷声问辛弃疾。

"后来……"他眼神有一丝茫然，似乎在回忆，而后突然亮起来。

"后来我被委任到临安府，当时我们同金军在东中西三路交战。"他语气愈发激动起来，"我与韩侂胄一起，率飞虎军大获全胜，彻底击败了金贼。"

"对了，船快来了吗？带我回去吧。"他期待地看向你。

你垂下头去，几乎不敢看他发亮的眼。

一切都清楚了，你也全都记起来了。

那些战场上痛快的杀敌，一次次威风凛凛的大捷，全是灵魂虚构出来的。

事实是他虽然少年得意，生擒叛徒，威名远扬，可回到南宋入了仕后，战争理念却一次都没被认可过。

他辗转于各种小小官场，一辈子都在期待被重用，可就因为"归正人"[1]的身份一直被排挤。明明是员大将，竟被罢官二十年。

后来……

后来韩侂胄率军北伐，但节节失利。

金军攻过来时，惊慌失措的朝廷才想起他来，于是命他火速赶往临安城赴任。

只是诏书还在路上时，辛弃疾就已经重病缠身，无法起床。不过月余，他便亡在病榻上了。

---
1 南宋对北方沦陷区南下投奔之人的蔑称。

直至临死前，他还在高呼着："杀贼！杀贼！"

一个月后，韩侂胄也被南宋朝廷赐死，献给金国求和。

可这些你不知道该如何告诉他，尤其是面对那双充满期冀的眸子时。

但如果不告诉他，他便会被困在此处。

思考良久后你决定：

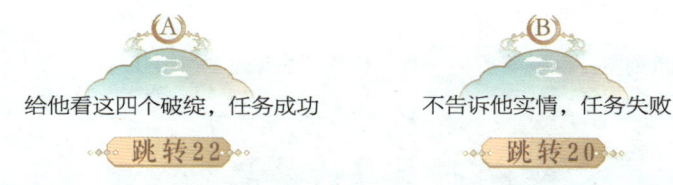

Ⓐ	Ⓑ
给他看这四个破绽，任务成功	不告诉他实情，任务失败
跳转22	跳转20

05

"回去的船要两个时辰后才来。"你装作一副对这里熟稔的样子，随手向某个方向指了指，而后闲聊一般道："干等有些无聊，不介意的话，不如和我分享下你的故事吧。"

由于不确定是哪里出了差错，你只得用这种方式暂时欺骗他，以追寻真相。

即使虚拟人生构建得再真实，也会有破绽出现。

只要你找到这些破绽，为灵魂指出逻辑悖论，他们便自然会从虚拟框架中清醒过来。

辛弃疾遥遥眺望了眼你指的方向，随后在石凳上坐了下来。

"你想从哪里听起？"他眉宇间放松下来，语气深沉低缓。

"不用讲，给我看就好。"说罢，你轻轻握住了他的右手。

"看？等等，你……"

他还未疑惑完，便惊讶于你突然的举动，而后整个右臂陡然僵硬起来。

你看着眼前一袭铠甲，面颊却微红发烫的大将，不由被可爱到有些想笑。

"在这里，通过触碰便可以感受到另一个人的灵魂，也能看见他的过往。"你解释道。

辛弃疾点了点头。

149

随后，你决定去看看绍兴三十一年，他起义的经历。

跳转 8

06

不对……一定有哪里不对。

你开始重新浏览。而随着反复观看，你终于发现了古怪的地方。

获得「破绽二」
集齐四条破绽，可开启04章，见162页

跳转 19

07

你查看着画面……

"找到了。"

你指向画面中的两处。

获得「破绽三」「破绽四」
集齐四条破绽，可开启04章，见163-164页

跳转 4

08

二十二岁的辛弃疾骑在战马上，周围是两千个由他聚集起来的起义士兵。

"我们脚下踩着的、屈辱生活着的这片土地，曾经是大宋的江山。"

"金贼偷走的故土，我们要重新抢回来！"

辛弃疾年少的声音宛如惊雷，身后的红披风猎猎作响。

眼前的画面飞快闪过，你看见辛弃疾骏马疾驰，面色阴沉，似乎正在追逐着什么。

不多时，他便赶上了一个人。那是个和尚，面色慌乱，怀中紧紧揣着个东西。

"义瑞，你可是偷了军中大印，想献给金人求荣？"辛弃疾抽出佩剑，直指和尚颈间。

和尚瑟瑟发抖地狡辩，期待年少的辛弃疾会心软留他一命。

"不惩，若皆如此，何以灭金？"

辛弃疾怒斥一声，反手利落地刺开一朵血莲。

温热的红色溅在他白净年少的脸上，格外突兀。但他只是随手擦去血迹，而后仔仔细细地收起大印，提着叛徒的项上人头返回了军营。

看到这里，你犹豫要不要复查这段记忆是否有与事实相左的地方。可复查需耗费半个时辰，而根据你与辛弃疾的约定，你最多只有三次复查机会。

于是你决定：

Ⓐ 感觉有问题，复查　跳转2

Ⓑ 没有问题，回渡口　跳转11

09

你仔细排查了许多遍，但并未发现有任何问题。

实在可惜。

【搜查点-1】
跳转15

10

由于你也回忆不起，你只得无奈对辛弃疾道："其实你已经去世了，现在的你

151

只是灵魂。我们要一起合作，你才能好好离开。"

辛弃疾听后，神情宛如被雷击中一般，而后口中开始不断喃喃："不行，我还有事没做完……我要回去……"

随后，他便像陷入了自己的世界中，再不与你说话。

······ 任务失败 ······

11

"少年的你竟英勇如斯。"你忍不住感叹。

辛弃疾似乎也在与你一同回忆，面上露出淡淡的笑。

"马作的卢飞快，弓如霹雳弦惊。"他开口诵道。

你一直以为他们文人笔下的刀光剑影都是艺术加工过的，没想到原来真是如此。

"没想到吧，我很厉害的。"辛弃疾转过头来，对你眨了下眼睛，"后来的事更精彩。"

"不过这词是我何时写的……怎么记不起来了。"他又皱起了眉头。

听完他的话，你决定：

(A) 去看看"后面的事"
跳转13

(B) 去帮他回忆完整的词
跳转3

12

"报告大人，又有农民起义了。"士兵面色焦急。

此时，辛弃疾正任潭州知州兼湖南安抚使。

"真是外患未绝，内忧不断，唉……"辛弃疾叹息一声，而后疾步走向书房。

你眼前的画面很快闪动到了半月后。

"朝廷同意了！终于同意我创建新的部队了！"你看见辛弃疾欣喜若狂地挥舞着手中的批文。

他开始火速准备起来。

建营房，修营栏……一切都要在一月内完成，可此时正值秋雨时节，建房的瓦片无法烧制。

辛弃疾苦思冥想后，动员全城百姓每家送瓦，送瓦二十者可得一百文钱。

就这样，东拼西凑，竟真让他生生凑出了二十万枚瓦片。

一天又一天，你眼睁睁地看着他的面色越来越憔悴，身形也消瘦下去，可眸子里的光却从未熄灭。

随后，他招兵买马，云集各路人才，亲自挑选器械，编练组织。

不过短短月余，飞虎军便成立了。

辛弃疾满意地站在一旁，看着一座座崭新的营帐与迎风飘扬的飞虎旗，眼中有激动的泪光闪烁。

而你站在他身旁，看着不知疲惫的他，眼圈也微微发红。

陡然间，你眼前的场景变换起来。

周围已然变成了战场，辛弃疾怀中揣着厚厚的圣旨，正率领着这支军队奋勇杀敌。刀光剑影间，只见飞虎军个个骁勇善战，冲锋陷阵。

辛弃疾更是宝剑翻飞，痛杀金贼。

正如他所愿，这支军队成了维护湖南局势、喝退金军的威武之师。

看完这些画面，你思考起来。

这次的经历，是否需要复查？

A 需要复查 跳转6

B 不需要，回到渡口 跳转19

"报告，张安国这个叛徒，竟然杀了耿京。"

"什么？"辛弃疾目眦欲裂，"我不过奉命渡江去与朝廷联络，军中竟发生如此大事！"

你记起耿京似乎是起义军的首领。

"现在大家群龙无首，军心涣散。张安国更是领了赏，在金营快活自在。"士兵报告道。

辛弃疾握住缰绳的手指逐渐收紧，眼中燃着愤怒狠戾。

"驾！"

他并未多语，只是用战马的铁蹄留下一行烟沙。

画面飞快地闪动着，辛弃疾回到了山东的军营。只见他身着金甲，清点出五十个死士，毅然前往了戒备森严的金营。

面对整整五万人马的大军，辛弃疾竟是毫发无伤，带着弟兄们生擒了正吃香喝辣的张安国。

随后，他不饮不休，连行数日，把张安国直接押到了建康。

更令人不敢置信的是，他带回的不仅有这个叛徒，还有他策动自愿归顺大宋的降军万人。

你看到他在朝堂上站得笔直，面上青色的胡茬与一路的疲惫都掩不住眼底的坚毅。

"就算现在我们的力量打不过金贼，也绝不会姑息任何一个背弃大宋的叛贼。"他怒斥道，声音响彻大殿。

辛弃疾似乎不仅在说自己，更像是在说着岳飞的冤屈与秦桧的卑鄙。他挺直的脊梁在朝堂中格格不入到刺眼。

此时不只是你，满朝文武，乃至宋高宗，都无一不为他的气概震慑。

好一个少年英雄。

只是……不知道这里有没有不对劲的地方。

于是你决定：

（A）复查 跳转9

（B）回渡口 跳转15

14

经过复查，你发现了一些不对劲的地方。

获得［破绽一］
集齐四条破绽，可开启04章，见162页

跳转16

15

"赤手领五十骑，缚取于五万众中……儒士为之兴起，圣天子一见三叹息。"[1]

你突然回忆起了这段话，不由开口说道。

"是不是还挺厉害的？"辛弃疾弯着眼角，摩挲着手中缠满布条的宝剑，有些骄傲道。

"不是挺厉害，是相当厉害。"你感叹道。因为你着实没想到这个词人，武力值竟然这么高。

"后来呢？"你向他投去期待的眼神。

辛弃疾摩挲宝剑的手微微停了一下，而后将布条系得更紧了些。

"后面自然也很好，你想看什么？"他垂首笑着。

"那就选……"你犹豫了一下，而后选择：

（A）辛弃疾入朝为官后 跳转18

（B）辛弃疾最近的一场战役 跳转17

---

[1] 洪迈《稼轩记》。

16

"统一河山似乎在望。"你看向他淡淡开口。

"不枉我自幼努力。"他回看向你。

"我从出生起就和爷爷生活在金国的占领区。爷爷虽然被迫在金国为仕，可他没有一天不教育我金贼当灭。"他眼底的深潭泛起微澜。

"于是我苦学兵法，终日习武，十余年间未曾松懈一日，为的就是等待一个机会，能报效祖国。"他低下头，又开始抚摸起宝剑。

"看起来你等到了。"你轻声道。

他嘴角扬起笑来。

"朝廷十分看重我，命我在多地任职。对了，我还有了自己的军队。"他忽而神采飞扬道，"要看看吗？"

你点点头。

"好啊。"

跳转12

17

你握住辛弃疾的手。

可等你睁开眼，看到的却是一片混沌。到处都是雾气一样的东西，混着看不真切的刀光剑影，以及嘶喊惨叫声。

隐约间，还能听到一个人高喊着"杀贼"。

而你也无法再回到渡口。

这是怎么回事……

由于你也没遇到过这种情况，只得强制结束任务。

任务失败

18

"鉴于你果敢英勇，忠心不二，朕任你为江阴签判。"宋高宗坐在龙椅上道。

辛弃疾眉头舒展开来，他终于逃离了在金国的生活，回到了祖国的土地上。可只一瞬，便又绷紧起来——金贼未灭，大宋尚未统一，便不能松懈。

可惜宋高宗并不这么想。

这用绍兴和议换来的"太平盛世"，岂能被轻易打破？

你看见辛弃疾的眉间愈发忧愁，他整日将自己关在书房里，对着地图和兵书写写改改着什么。

画面一帧帧掠过。很快，宋孝宗即位了。

这似乎是位不苟且偷安的皇帝，因为你看见他召见老将张浚入朝，下诏为岳飞平反，也宣辛弃疾一起讨论政事。

辛弃疾的郁愤肉眼可见地消失了，他重新积极起来，撰文分析大宋局势，向宋孝宗积极进言，并极力推荐自己。

很快，皇帝展开了隆兴北伐。

你看着辛弃疾欣喜的眼神，就好像这次北伐一定可以大获全胜一样。

紧接着，你又看见他比原来更加忙碌地埋在书房。

《美芹十论》《九议》……一篇篇建议、上书雪花一般飞出来，赢得民众的热烈赞扬，更是为朝廷所重视。

由于画面切换得过快，你感到有一丝头晕。刚好趁着休息，你思索起有没有错误或者不对劲的地方。

片刻调整后，你决定：

   Ⓐ   Ⓑ
  复查   回渡口
 跳转14   跳转16

19

"我的飞虎军……"辛弃疾面上露出骄傲的神情。

"你知道吗？金军称我的军队为'虎儿军'，胆子都吓破了。"

你看着他扬起的面庞，能感觉到他是真的为这支军队自豪。

"后来呢，后来发生了什么？"你怕时间来不及，继续向下询问。

"后来啊……朝廷体恤我太累了，让我去休息了一小阵子，后来就又回战场了。"

休息？

你觉察到有什么不对。

"可以让我看看吗？"你问道。

"当然。"

跳转21

20

"我……"你沉吟片刻，而后猛地抬起头来，努力绽出了一个充满歉意的笑容。

"对不起，我记错时间了。船要明天才能来。"

这是你第一次决定主动放弃任务，因为你不忍心将一切告诉他。

"明天？"辛弃疾失落了一下，但很快调整好了情绪。

"无妨，船能来就行。"

"谢谢你。"辛弃疾看向你，弯着眼睛笑了笑。

你不知道自己用了多大的力气忍耐，才没有让眼泪落下来。

十二个时辰后，刚才发生的一切他都会忘记，他会重新茫然地站在这里，等着继续守护南宋。

除了……

他永远都不会记起自己的理想一刻都未曾实现，更重要的是，他不会记起大宋一次次臣服于金的铁蹄下。

辛弃疾整理了下自己的铠甲，重新戴好腰间佩剑，站起身来，挺拔地伫立在渡口。

他耐心地望向远方，身后的红披风静静飘扬。

此刻让他知道真相重要吗？

或许并不重要吧。

与其再次带着巨大的痛苦消失,不如永远带着期待守候。

即使历史的巨轮最终将湮灭一切。

——我也以我不灭的灵魂,永守南宋。

任务失败

达成结局:永世守候

21

你睁开眼,发现自己身处一片田野,明月皎洁,繁星闪烁。

一点细雨伴着微风轻柔地洒落下来,扬起一片稻香。

明月别枝惊鹊,清风半夜鸣蝉。稻花香里说丰年,听取蛙声一片。

七八个星天外,两三点雨山前。旧时茅店社林边,路转溪桥忽见。[1]

辛弃疾一副农家装扮,正悠闲自得地吟着诗。

也许是你想多了?他的确是有些累,朝廷想让他休息一段时间?

你跟着他的视角在田野间观赏起来,不远处十分突兀地立着几棵树。

那是些柳树,有的十分粗壮,有的才半人高,旁边挂着木牌子——稼轩手植。

没想到辛弃疾乡野生活适应得如此之好,你不禁哑然失笑。

眼前的画面变换起来,他似乎已经结束了休假时间,因为他正看着一封诏书,上面写明任辛弃疾为绍兴知府兼浙东安抚使。

原是一向想北伐的韩侂胄,开始委任主战派大臣了。

"又可以上阵杀敌了。"他语气轻快。

辛弃疾话音刚落,你眼前便升起了一片铁蹄扬起的沙尘——你已然处于与金军交锋的战场。

辛弃疾的佩剑寒光阵阵,正毫不留情地刺向一个又一个敌人。血红的夕阳照在他身上,金甲闪闪夺目。

---

[1] 辛弃疾《西江月·夜行黄沙道中》。

宋军英勇，此次战役大获全胜。

傍晚，在庆祝的篝火晚会上，你看见辛弃疾大口喝着酒，不多时便醉了，嘴边溢出一句词。

"凭谁问、廉颇老矣，尚能饭否？"[1]

看到这里，你思索起这些是否有破绽。

半晌后，你决定：

(A) 复查 跳转7

(B) 回渡口 跳转4

22

"它……"你指了指辛弃疾一直摩挲的宝剑，"为何缠满了布条？"

你从一开始就在疑惑这件事，直到刚才，你终于知道了原因。

辛弃疾听后愣了一下，似乎他从未想过这个问题。

"因为……"你伸出手，一边拆解布条，一边轻声替他回答，"这是把锈迹斑斑的剑。"

"一把——多年未使用的剑。"

你拆开最后一条布，那把不再光亮的剑终于显露出来。

辛弃疾的表情十分震惊："这怎么可能？我刚刚还在临安城杀敌……"

你小心地措辞，将刚才你发现的逻辑漏洞讲给了他。

"你是说……我，我从未被重用……我的飞虎军也……"他的声音有些发抖，眼神里都是惊惧，"连我自己都，早就不在了。"

随着他说出这句话，他痛苦地捂住了头，仿佛被庞大的记忆洪流击中。

过了许久，他才消化接受了真实的记忆，扶着渡口的横杆缓缓站起身来，木然地一下又一下拍着。

―――――――
1 辛弃疾《永遇乐·京口北固亭怀古》。

"把吴钩看了，栏杆拍遍，无人会，登临意。"[1]

"原来如此……"

他终于明白为何自己总下意识地这样做。

你不知道要如何开口安慰，伸出手想拍拍他的肩，可悬了一会儿又收了回来。

"无事，我知道你是为了帮我。"

他看着自己逐渐透明的身体，竟对你笑了笑。

渡口的夕阳照在他金色的铠甲上，泛着闪亮的光，映得笑容格外温暖。

"我也是员大将，有什么受不住的。"他反倒拍了拍你的肩膀，"消失得明白不是挺好？"

你知道他是在安慰你，可这让你更加难受。

"若能重来一次，别再选择……"你忍不住说道。

可还没有说完，辛弃疾轻轻摇了摇头，打断了你。

"有些时候，有些事……"

"即使你知道会失败会痛苦，仍然会去做的。"

他逆光站着，身后的红披风猎猎作响。

"因为你是个英雄。"你湿着眼角道。

"不。"

……

辛弃疾的身体变得完全透明，终是消失了。

夕阳已经几近沉下，夜幕也笼罩下来，可天边仍有一道晚霞灿烂异常。

你知道，这是那抹来自人间的，伟大又平凡的灵魂。

"不。"

"因为我是个宋臣啊。"

达成结局：没世不渝

---

[1] 辛弃疾《水龙吟·登建康赏心亭》。

[破绽一]

隆兴北伐……

隆兴……

你反复思考着，终于，你想起来了。

由于军心涣散，宋孝宗开展的北伐哪里告捷？分明以惨败收尾，后来又签订了屈辱的"隆兴和议"[1]，割地赔款。

从此，宋孝宗再不敢发动战争。

面对辛弃疾的连番上书和抗金请求，虽然人民赞颂，朝廷却全都置之不理。哪怕他进献自己不眠不休编纂的、详细宏大到堪称军事著作的《美芹十论》，朝廷也只是拿他当作缝缝补补的材料来利用——哪里有问题，就把他调到哪里。

只是辛弃疾并没有气馁，他把每一个任区的问题都处理得很好。不论是江西剿匪，还是平复赖军起义，他都完成得尽善尽美。

[破绽二]

不对。

辛弃疾率领飞虎军，征战沙场所携带的圣旨，怎会是厚厚一沓？

你眯起眼凝神细看……

……

这哪里是圣旨！分明是一堆弹劾他的奏书！

一瞬间，部分记忆涌入了你的脑海。

因为朝廷主和，看不惯他大张旗鼓地建立军队，枢密院成批的人联合起来阻挠他，甚至污蔑他聚敛民财。

---

1 指继绍兴和议之后南宋和金朝订立的第二个屈辱和约。

而不过两年，他便被改任为江南西路安抚使，离开了长沙，也离开了他一兵一卒组建的飞虎军。

辛弃疾走后，这支军队虽然仍辉煌了一段时间，甚至一度被孟珙收到旗下，可后来还是因为疏于良将管理逐渐没落了。

而这支属于他的军队，他根本从未在一次真正的大战中，率领着杀敌卫国过。

「破绽三」

你明白了何处不对。

那几棵柳树虽都是他亲手种的，但有大有小。小树自然是最近种的，可那些粗壮的最少生长了十余年。

若他只是休息一阵子，又如何能照料几棵垂柳这么多年？

找到破绽后，你霎时回忆起来了。

早在十四年前，辛弃疾就已经被弹劾罢官了。

从那时起，抗金无望的他开始醉心山水，闲居起来。后来虽然出山了两次，可都很快又被罢免了。

这次便是他最近一次被罢免归来。

「破绽四」

"凭谁问、廉颇老矣，尚能饭否？"你一遍遍念着这句词，记忆缓缓流入你的脑海。

千古江山，英雄无觅，孙仲谋处。舞榭歌台，风流总被，雨打风吹去。斜阳草树，寻常巷陌，人道寄奴曾住。想当年，金戈铁马，气吞万里如虎。

元嘉草草,封狼居胥,赢得仓皇北顾。四十三年,望中犹记,烽火扬州路。可堪回首,佛狸祠下,一片神鸦社鼓。凭谁问、廉颇老矣,尚能饭否?

——《永遇乐·京口北固亭怀古》

这首词分明是辛弃疾在京口北固亭写的。

虽然朝廷重新任他为官,却从未想过真正重用他,不过是利用他的名气号召伐金罢了。

即使他一直主战,可他也清楚地知道现在的局势并不适合,所以他数次劝谏——冒进误国,可惜没人听他的。

因此,他才悲愤忧虑地写下这首词。既然这样,又从哪儿来的战场与胜仗?

后来没过多久,因为政见不合,辛弃疾就再次被罢官了。

岳飞
叹江山如故，千村寥落

文 · 拂罗

严刑拷打后被扔回狱中，岳飞已辨不清此刻是什么时辰。

大理寺的牢狱似乎总是这般森冷，他鼻尖嗅着浓重的血腥气，内心仍有声音在怒吼，滚烫的血顺着脊背上的"尽忠报国"四字缓缓淌下，麻木的身体却几乎感受不到。

黑幢幢的人影，窃窃着"陛下""赐死""谋反"……

谋反……谋反？这个震耳欲聋的词将岳飞的神绪生生拽回些许。纵观此生，四次为抗金投戎，四次北伐收复失地，岳家军上对天子忠心耿耿，下对百姓秋毫无犯，何来蹊跷的谋反之罪？

岳飞靠在冰冷的墙边，他动了动干涸的嘴唇，昔日能在黄金台上鼓舞三军，现在竟发不出任何声音，就连习惯了勒缰斩敌的双手，如今也残破不堪，血迹斑斑。

心中那怒吼忽然清晰了起来，如擂鼓，似海啸：吾对天盟誓，无负于国家——

自含冤入狱，他耳畔还回荡着"杀敌"，可那整整十二道金字牌，来自陛下手中，经传驿使快马，五百里加急，从临安一路火速飞驰到前线，一道接一道，斩断了大宋最后的气数。

八千里路云和月[1]，十年北伐，功亏一篑啊……

在牢里，岳飞做了一场很长的梦。

他记得崇宁二年春，自己出生在汤阴县一户农家[2]，名飞，字鹏举。距靖康耻二十四年，大宋饱经西夏等外族的困扰，早摇摇欲坠。

家……自父母亡故，自己忙于北伐，已经好多年不曾回了。

岳飞走过堂前，看见孩童认真地向母亲请安，好奇地问："娘，大宋以前是什么样子？"

在娘徐徐的讲述中，曾经繁华的大宋在年幼的他心中缓缓铺开画卷，在那个词人如星辰般涌现的繁世，大宋像一幅银河长卷，熠熠闪烁。可年幼的岳飞却从澶渊之盟的历史中读出几分祸乱的伏笔——朝廷党派内斗不断，边境辽人贪得无厌，岁币只能买来一时和平而已。

今日割五城，明日割十城，然后得一夕安寝。[3]何日才是尽头？

岳飞又来到窗前，这次，他看到素衣少年正捧着《左氏春秋》苦读。

"鹏举，来玩啊！"

邻家孩子在嬉闹，倔强的少年则摇头不语。逢年过节，同伴们总被他这个"别人家的孩子"比得苦不堪言，但他们不知，少年正深深为国家兴亡而担忧。

他深爱家人，明白"先有国，后有家"的道理，要先守住完整的国，而后才能有完整的家。

只识《诗经》是书生，只懂打仗是莽夫，要做就做那文武双全之人，他拜名师认真学习武功，二十岁前便能弯弓三百斤，骑射左右开弓，令乡人啧啧称奇。

岳飞苦笑。当时自己从未料想过，前半生四次参军，后半生四次北伐，换来的结局……竟如此意难平。

第一次参军是在二十岁，当时的皇帝是徽宗。朝廷内忧外患，招募战士抗辽，

---

[1] 岳飞《满江红》。
[2] 《宋史》："岳飞，字鹏举，相州汤阴人。世力农……少负气节，沈厚寡言，家贫力学，尤好《左氏春秋》、孙吴兵法。"
[3] 苏洵《六国论》。

岳飞刚从军不久就生擒了陶俊、贾进等贼寇。同年，家乡传来父亲病逝的噩耗，他匆匆赶回守孝，就这样结束了第一次从军生涯。[1]

第二次是两年后，河北水患让家里举步维艰，岳飞为谋生加入了本地的平定军，同年金人灭辽，大举南下攻宋，平定军被击溃。岳飞虽顺利突围回乡，但一路亲眼见证了金人的无数暴行。

他还记得那耻辱悲愤的一幕：外族杀戮百姓，奴役中原父老。几代人生长的家乡就这样毁于马蹄下，男人被活生生打死在郊外，妻子抱着婴儿仓皇惊逃……

皇帝换成了钦宗，改年号为"靖康"，这年号，后来也成了宋人心中最痛的回忆。

第三次从军抗金，二十四岁的岳飞左右为难，一边是为民报仇雪恨的悲愤，另一边却是老母无人照料的担忧。母亲白发苍苍，可她目光奕奕："去吧，孩子！"[2]

岳飞立在黄昏，见青年背负行囊大步远去，不忍回头看家乡的方向。

年迈的母亲偷偷抹了泪。

后来，靖康二年，东京城破。

飞白似鹅毛，落地即被染红，那是开封三十万请战军民的热血——钦宗亲自前往金人大营求降献表，并遵金人意旨下令镇压了他们。而后，贪婪的金军大肆进京掳掠烧杀，幸存下来的开封百姓无以过冬，放眼望去，冻死者的尸体与饿殍们堆在一起，竟似城墙高。

这奇耻大辱，这满腔愤恨，何日才能平复！

听闻消息，岳飞几乎要将牙齿咬碎。得知高宗出逃，于应天府匆匆登基，并在金人的追击下不断向南后撤时，他终于看到了一线希望，不顾官职低微，立刻提笔向高宗赵构上书数千言，请求收复北方。[3]

....
[1]《金佗稡编》（岳飞奏）："国家平燕云之初，臣方束发，从事军旅，誓期尽瘁，不知有家。"
[2]《金佗稡编》："先臣天性至孝，自北境纷扰，母命以从戎报国，辄不忍。屡趣之，不得已，乃留妻养母，独从高宗皇帝渡河。"
[3]《宋史》："康王即位，飞上书数千言，大略谓：'陛下已登大宝，社稷有主，已足伐敌之谋，而勤王之师日集，彼方谓吾素弱，宜乘其怠击之。黄潜善、汪伯彦辈不能承圣意恢复，奉车驾日益南，恐不足系中原之望。臣愿陛下乘敌穴未固，亲率六军北渡，则将士作气，中原可复。'书闻，以越职夺官归。"

"臣愿陛下乘敌穴未固，亲率六军北渡，则将士作气，中原可复！"

一腔热血，只换来八字轻蔑的批语："小臣越职，非所宜言。"

岳飞被赶出了军营。

饮冰难凉热血，岳飞没时间去品尝这份屈辱，他立刻想办法第四次参军。几经沉浮，投奔到留守东京的老将宗泽麾下，二人一拍即合，打得金军节节败退。

天气炎热，金人欲退兵，宗泽想乘胜追击，便仔细制定了北伐计划，然而一连上奏二十四次，高宗始终不支持，年事已高的宗泽旧疾发作，遗憾辞世，死前哀恸高呼："过河！过河！过河！"[1]

故土在前，大好时机，为何不收复？岳飞想继承宗泽的遗愿，可第二任上司杜充是个软弱之辈，他放弃了抗金热情正高涨的北地，强令岳飞撤往建康府——宗泽的苦心毁于一旦，开封彻底沦为金人与伪齐的土地。

岳飞苦劝无果，只好回撤，却不料敌军当前之际，杜充又弃了建康，降了金人！[2]

这次岳飞果断离开了他，决定不再投靠别人，而是独立领兵转战后方，收复了沦陷的建康城——经过半个月，岳家军首战告捷，使金兵横尸十五里，名震四方。[3]

之后，二十九岁的岳飞又领兵清理流寇——许多流散的宋兵开始欺压百姓，所以被称作流寇。而在官兵似流氓的混乱年代，只有岳家军成了一股清流，他们以"冻死不拆屋，饿死不掳掠"被百姓爱戴。

金兵之中也流传着一句话：撼山易，撼岳家军难。

三十岁的岳飞，剑指北方，那是故都东京的方向。

——金人欠下的债，他要悉数讨回来！

岳飞浩浩荡荡地开始了四次北伐，一身转战三千里，一剑曾当百万师。当时金人在南北之间扶持了"北齐"这个伪政府，而他前三次北伐都长驱直入，打得北齐溃不成军，金人只好亲自来迎战。

---

[1]《宋史·宗泽传》："泽无一语及家事，但连呼'过河'者三而薨。都人号恸。"
[2]《宋史》："会充已降金，诸将多行剽掠，惟飞军秋毫无所犯。"
[3]《金佗续编》："继遣偏裨，及飞自将，取间道直捣建康，与金人战，大小数十合，皆大获，僵尸十余里，生致首领若万户、千户者二十余人，及斩胡人秃发垂环者之首无虑三千人，夺铠、仗、旗、鼓以数万计。"

曾经逼得皇亲国戚们仓皇逃跑的胡人，在岳家军悍将的马蹄下，似乎也尝到了畏惧的滋味。

曾经使无数人梦魂萦绕的那个夙愿，似乎也不再那样遥不可及。

待从头、收拾旧山河，朝天阙。

第二次北伐，岳飞写《满江红》以表壮志。

而第四次北伐，是岳家军最奇迹的一战：进军中原，在未从高宗手中得到援军的情况下，打得敌人节节败退，金将完颜兀术从开封狼狈撤军。

岳飞大笑："直抵黄龙府，与诸君痛饮尔！"

当年胜利在望，何故北伐不成？岳飞在梦中感到愕然，记忆缓缓浮现：原来是临安传来消息，高宗被秦桧说服，下令放弃北伐，撤兵求和！

回想十年北伐，岳家军一直向北清扫外族，而赵构与秦桧一直屈膝求和！早在前三次北伐时，高宗便下令：岳家军不得自行收复东京，最多只能收复六郡，不得进军中原，否则"虽立奇功，必加尔罚"。[1]

这些年来，高宗态度不定，时而支持北伐，时而却在宋朝战局有利之际，忽然害怕，下令撤军。而今赵构听从秦桧之言"兵微将少，民困国乏，岳某若深入，岂不危也"[2]，直接向岳飞发出一道班师诏。

岳飞怎甘心？上书"强弱已见，功及垂成，时不再来，机难轻失"，决定继续进军。

"报岳将军，陛下派人送金字牌，命将军即刻班师——"

岳飞诧然失声，见传信快马接二连三。

"报岳将军，陛下送第二道金字牌，命将军即刻班师！"

"报岳将军……"

第四道、第五道……十二道加急金字牌，在同一天送来，命他即刻返回临安！

在百姓与士兵的恸哭声中，岳飞拿诏书的手微微颤抖。他这双手习惯策马勒缰，

---

[1]《金佗续编》（高宗宸翰上）："今朝廷从卿所请，已降画一，令卿收复襄阳数郡。惟是服者舍之，拒者伐之，追奔之际，慎无出李横所守旧界，却致引惹，有误大计。虽立奇功，必加尔罚，务在遵禀号令而已。"

[2]《三朝北盟会编》。

习惯手握刀枪，可这一切，此时此刻都不及手上这封薄薄的诏书沉重。

遥想此生，天伦逝去吾不曾哭，开封失守吾不曾哭，兄弟战死吾不曾哭……臣今年三十九岁，正值大好年华，尚有心报国，尚有力杀敌，陛下何故如此软弱，轻信秦桧？

岳飞仰头泣泪："臣……十年之力，废于一旦！"[1]

临安城必定杀机四伏。

身为大宋将领，岳飞还是回了朝。他变得沉默寡言，屡次上书恳请辞职归隐，高宗不许，后来完颜兀术继续朝南攻来，岳飞再次支援淮西，此后再无机会抗金。

同年十月，雪欲来的季节，大理寺派人将岳飞投入狱中。所有为岳飞鸣不平的官员全部被罢官或流放——或许皇上担心功高盖主？又或许，秦桧与金人谈和的条件便是杀我岳飞吧？

面对反叛的指控，岳飞只想报以冷笑。

关于此事，老将韩世忠去质问，秦桧答"其事体莫须有"。

岳飞或许有罪吧。

韩世忠愤然道："莫须有三字，何以服天下？！"

三十九岁的岳飞，终究在这冰冷的牢狱里，等来了莫须有的死罪。长子岳云随父被处斩，次子岳雷含恨死于流放地，终身未等到平反，剩下的幼子随母流放，平反后已长大成人。

末了，那场梦却带他遥遥回到了辞家从军那日的黄昏。

滴血残阳里，岳飞缓缓走过去，与那时的自己对视。

"明知结局，也要出发去抗金？"他问。

对方开口——

哭声将他吵醒。

---

[1]《宋史》："方指日渡河，而桧欲画淮以北弃之，风台臣请班师。飞奏：'金人锐气沮丧，尽弃辎重，疾走渡河，豪杰向风，士卒用命，时不再来，机难轻失。'桧知飞志锐不可回，乃先请张俊、杨沂中等归，而后言飞孤军不可久留，乞令班师。一日奉十二金字牌，飞愤惋泣下，东向再拜曰：'十年之力，废于一旦。'飞班师。"

岳飞睁眼，看见狱外有人痛哭，他记得那是一个叫隗顺的小狱卒，正泪眼汪汪地望着这边，压低声音："将军且放心，待您走后，我定将尸骨偷运出来，好生埋葬！青史不冤英雄，今朝您且去，他年必会平反！"

岳飞微怔，拊掌忽笑。

如今大理寺竟还有如此忠义之辈？如此再想，自己这几十年南征北战，守的不就是无数像隗顺这样的百姓吗？而他们，恰恰构成了自己心心念念的家国。

好，好，此生算是值得了！

笑着笑着，岳飞回想起梦里最后一幕——

在一阵又一阵的历史烟尘中，青年岳飞招招手，仰头长笑，身影渐渐隐入不归路："虽千万人吾往矣，不悔！"

陆游
此生谁料，心在天山身老沧洲

文·明戈

孩提流离苦——我生学步逢丧乱

陆游打小就不知道什么是太平盛世。

那时候大宋是什么样子呢？

金军已经打了过来，破了燕京，渡过黄河，直下汴京，懦弱的皇帝连忙将皇位推给了儿子。

就在这样的背景下，陆游出生了。甚至都不是在地上，而是船上[1]。

当时陆母梦到了文学家秦观，他的父亲陆宰觉得这个梦不错，便用秦观的字"少游"，给儿子取了名。

陆游还太小，咿呀学语的他听不懂父亲谈话中的皇帝割地赔款，献百万黄金

---

1 陆游《十月十七日予生日也孤村风雨萧然偶得二绝句》："少傅奉诏朝京师，舣船生我淮之湄。"

千万白银。更不懂东京沦陷，徽钦二帝被掳，北宋灭亡。

我生学步逢丧乱，家在中原厌奔窜。淮边夜闻贼马嘶，跳去不待鸡号旦。

人怀一饼草间伏，往往经旬不炊爨。呜呼！乱定百口俱得全，孰为此者宁非天！

——《三山杜门作歌（其一）》

这便是陆游幼年生活的写照。

他刚刚学会走路，父亲就带着全家南奔山阴老家逃难。一路上兵荒马乱，流亡的百姓随处可见。晚上睡不了一个安稳觉，敌军的战马就在耳畔嘶鸣，天不亮时又要出发赶路。兵灾之时，大家都在怀中揣着饼，伏在草间躲避。数天半月无法吃到一口热饭是常事。

他们刚逃到老家，金兵又渡江南侵。陆宰没办法，只得又改奔东阳。

待陆家终于结束颠沛流离的生活，稳定下来时，已是建炎三年，陆游也四岁了。

陆家作为藏书世家，名门望族，自然不会松懈对子女的教育，于是到了东阳不久，陆宰便送陆游进入当地的乡校学习，深夜还会检查他的功课。

所以陆游基本上是没有什么快乐童年的，休息也只是在父亲的旧友来家中做客时，跟着听一会儿父辈们的交谈。

但陆游从未抱怨过一句，而是主动废寝忘食地学习。他天资聪慧，十二岁时便能作诗文。

少小遇丧乱，妄意忧元元。忍饥卧空山，著书十万言。

——《感兴二首（其一节选）》

他话很少，多半时间都是自己抱着陶渊明的诗集翻阅，看起来十分内向。只有细细观来，才能发现他白净的小脸上，眉宇间有着一抹忧郁。

"为我家国，当北伐！"

临安的考场上，十六岁的陆游力透纸背，终于写出压在自己心头的夙愿。

那些印在他记忆深处的流离，与父辈间交谈时对秦桧屈膝求和的裂眦嚼齿[1]，都在时时刻刻提醒他，唯有击退金人，才有真正的国泰民安。

---

[1] 陆游《跋傅给事帖》："某甫成童，亲见当时士大夫，相与言及国事，或裂眦嚼齿，或流涕痛哭。"

可惜朝廷皆是主和派，他的观点自然不被采纳，于是失败落第。

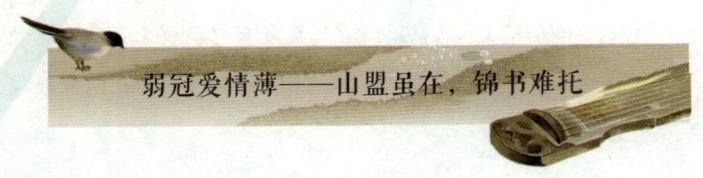

弱冠爱情薄——山盟虽在，锦书难托

绍兴十四年。

临安城正值元宵灯会，街市上张灯结彩，热闹非凡，陆游约了多年未见的表妹来此闲逛。他和唐婉也算是青梅竹马，一晃十几年过去了，他已是二十岁的翩翩才子，唐婉也成了十七岁的娴静佳人。

当她在光影流转中袅娜走过来时，像极了踩碎人间烟火而至的仙女。

那是陆游第一次听到自己心跳的声音。

回家后，陆游便和父亲说明心意，欲向舅家提亲。

当陆游带着传家凤钗出现在唐婉面前，她害着地垂下小鹿般的眼，双颊染上绯红。

婚后，二人吟诗作对，举案齐眉，简直是天造地设的一对璧人。

可陆母却觉得陆游沉溺于儿女情长会耽误仕途，于是处处刁难唐婉。终于在三年后，以她无后为由，强令陆游休妻。

陆游苦求无果，只得寻了一处宅院安置她，奈何又被陆母发现，于是他与唐婉，连做一世无名夫妻的愿望都落空。

面对陆母另选的王氏，陆游只是攥着凤钗，缓缓闭上双眸。

祸不单行，与挚爱一同离开自己的，还有父亲。

陆游哀毁骨立，无语泪流。

后来，陆游将全部注意力放到了书本里，毕竟自己心底还有志向未实现。而这志向……

"陆郎，你有何愿望？"

红烛摇曳，唐婉一袭嫁衣，脸微微扬起。

陆游温柔地低头望进她的眼。

"除娶你以外，便是做名大将，北上杀敌。"

"真好，我爱的人是个英雄。"唐婉笑中莫名带了些泪光。

陆游又问："那婉儿的愿望是什么？"

"陆郎的愿望便是我的愿望。"

烛光依旧摇曳着，记忆里的那抹红色渐渐褪去，剩下的唯有通宵达旦、挑灯夜读的陆游。

绍兴二十三年，陆游再次来到临安。

锁厅考试中，他取得了第一的好成绩。可因他名次超过秦桧之孙，秦桧大怒。在第二年的礼部考试中，秦桧竟命令主考官不得录取陆游。

直到秦桧去世后，陆游的仕途才逐渐步入正轨。他常常上策进言[1]，也得到高宗的赏识。

某日，回到家中的他不知不觉又走到曾常和唐婉去的沈园。

梦中熟悉的身影真实地出现在眼前，她依旧像簪星曳月的仙女，只是她的身边已经站了另一个男子。

陆游宛如被一盆冷水从头淋到脚，半响后才扯出故作镇定的笑。

红酥手，黄縢酒，满城春色宫墙柳。东风恶，欢情薄。一怀愁绪，几年离索。错，错，错。

春如旧，人空瘦，泪痕红浥鲛绡透。桃花落，闲池阁。山盟虽在，锦书难托。莫，莫，莫！

——《钗头凤·红酥手》

纤纤玉指捧上斟满黄縢酒的杯子，可她早已如宫墙里的柳树，只能遥遥远望。离别的愁绪化在酒杯里，凋零的桃花散在楼阁上。想送去锦书一封，可又有什么资格呢？只是为她徒添麻烦罢了。

他们离开后，陆游将诗默默题到了沈园的墙上。

——看起来她很开心，希望他能照顾好她。

---

[1]《宋史·卷三百九十五》："游奏：'陛下以损名斋……辄私买珍玩，亏损圣德，乞严行禁绝。'"

175

而立仕途落——中年妄意慕轲雄

后来陆游收到了唐婉的回诗，一同到来的，还有她病逝的消息。

世情薄，人情恶，雨送黄昏花易落。晓风干，泪痕残。欲笺心事，独语斜阑。难，难，难！

人成各，今非昨，病魂常似秋千索。角声寒，夜阑珊。怕人寻问，咽泪装欢。瞒，瞒，瞒！

——《钗头凤·世情薄》

唐婉再婚后，也难以忘记陆游。又恐人言，所以不得不装作高兴的样子。沈园一面，唐婉终是忧郁成疾，离开了人世。

读罢信，陆游已是泪流满面。

一叶落，天下皆秋。

悲痛欲绝的陆游拿出那支小心包在帕子里的凤钗，轻轻摩挲着，一如抚着她的脸。

从那以后，陆游便一心扎到了仕途里。

绍兴三十二年，宋孝宗即位。

已被赐进士出身、任枢密院编修官的陆游上书提议孝宗固守江淮，选骁勇之将，徐图中原[1]。

但皇上正忙着享乐，没有重视他的上书。陆游心中忧烦，便和张焘说了此事，张焘立刻入宫质问。孝宗迁怒于陆游，贬他为镇江府通判。

隆兴元年，张浚被任命为都督，负责北伐事宜。

陆游立刻又上书张浚，建议此事需从长计议，不可草率。可惜张浚并未采纳，而是即刻出兵，于是宋军大败。

隆兴二年，被贬的张浚终于注意到了一心报国的陆游。二人交谈间，陆游将自己的想法和盘托出，张浚大赞其"志在恢复"。

但光有志是无用的，要有用武之地。

---

[1] 陆游《代乞分兵取山东札子》："为今之计，莫若戒敕宣抚司，以大兵及舟师十分之九固守江淮……"

所以当屈辱至极的"隆兴和议"签订后,陆游又立即上书枢密院中枢院,建议皇上驻扎建康临安,以便争取时间建都,也不令金朝怀疑[1]。

陆游将全心全力放在国家上,可当他抨击曾觌和龙大渊广受贿赂,结党营私时,皇上却光明正大包庇两位奸臣,将陆游怒贬为建康府通判。

甚至在一年后,主和派故意进言陆游"结交谏官、鼓唱是非,力说张浚用兵",朝廷都并未查清事实,直接罢免了刚调任隆兴府通判的陆游。

接连不断地被针对,让陆游叹息不已。

中年妄意慕轲雄,白首终希尺寸功。

落落要居流俗外,兢兢恐堕异端中。

仰天俯地犹多愧,饭豆羹藜已过丰。

幸有北窗堪讲学,故交零落与谁同。

——《北窗怀友》

多希望能有机会成为将士,为国立一点功。可惜啊……

现实中必须处处留神,战战兢兢做人。

一不小心便有那些蜚语,自己就成了罪人。

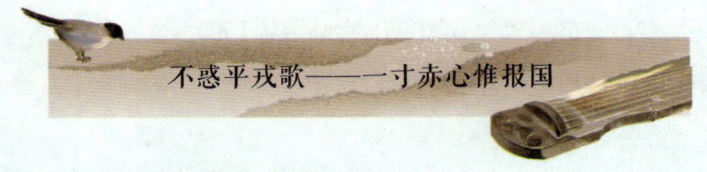

不惑平戎歌——一寸赤心惟报国

乾道三年,陆游到故乡的农家疏解烦闷。

莫笑农家腊酒浑,丰年留客足鸡豚。

山重水复疑无路,柳暗花明又一村。

箫鼓追随春社近,衣冠简朴古风存。

从今若许闲乘月,拄杖无时夜叩门。

——《游山西村》

---

[1]《宋史·卷三百九十五》:"和议将成,游又以书白二府曰:'北使朝聘,或就建康,或就临安……'"

正值丰年，农家上下一片喜乐祥和，用丰盛的菜肴热情地款待他。酒味虽薄，情谊却浓。

故乡简单美好的气氛极大地治愈了陆游的心。

他在林中闲逛，山间小路蜿蜒难辨，每每他以为走到尽头，再向前几步，竟又见一番新天地。

陆游也随之豁然开朗。就算机会渺茫，但如果坚持下去，那还有一线报国之机。可若自暴自弃，那便是再无可能了。

终于，乾道五年，朝廷再次征召陆游，任他为夔州通判。

两年后，陆游再次被召为干办公事。

多年的报国愿望终于要实现了，陆游收到消息后欣喜若狂。

他连夜赶往南郑，并作《平戎策》，拟出北上伐敌、收复中原的计划。

在王炎的军中，陆游亲身前往大散关等前方据点巡逻，王炎打算号召遗民起义时，陆游也亲自前去勘察进军路线。

我昔从戎清渭侧，散关嵯峨下临贼。铁衣上马蹴坚冰，有时三日不火食。

山荞畲粟杂沙碛，黑黍黄穄如土色。飞霜掠面寒压指，一寸赤心惟报国。

——《江北庄取米到作饭香甚有感（节选）》

前线艰苦异常。铁衣冰冷，食难下咽，可陆游从不抱怨。

战马飞驰间，寒风擦着他的面颊掠过，他却不觉寒冷，因为胸中有着一颗爱国的赤胆忠心。

花甲身漂泊——心在天山，身老沧洲

无奈这样的戎马生活并没有持续多久，仅仅八个月后，朝廷便否决了陆游的《平戎策》，王炎的幕府也正式解散。

乾道八年，陆游被调至成都，得了个清闲官职。

而边境过往的一切都像梦一般，明明收复失地的愿景就在眼前，却醒得猝不及防。

今朝忽梦破，跋马临漾水。

此生均是客，处处皆可死。

——《自兴元赴官成都（节选）》

陆游知道，此次失败后，怕是再无北伐机会了。

他骑驴入蜀，一路上又哭又笑。朝廷怎么可以如此懦弱，那屈辱的和平条约，又怎可能换来真正的太平？金军是在养精蓄锐，南宋却是在苟且偷生！

罢了，既然家国都未一统，那去哪儿都一样，不过是浮萍旅客，天涯游子。

失望透顶的他本以为自己不会再想着北伐一事了，可当郑闻担任四川宣抚使时，他又忍不住再次上书请求出师。结果依旧是被驳回。

陆游开始借酒消愁，但这在主和派眼中又成了把柄。

"不拘礼法，燕饮颓放。"

陆游听后大笑出声，并自号"放翁"。

"你们还想如何攻击我，放马来啊！"

可即便如此，在好友范成大被调回京时，他仍固执地送他到眉州，并恳请他回朝后劝说皇上击退金贼。[1]

虽说北伐的愿望落空，可多年来陆游的诗词却早已在民众间广为流传，名气也越来越大。他的诗词对偶极其工整，但又不落俗套，也没有雕琢之感。风格细腻优美，现实又浪漫。

因此，孝宗再次注意到了他，并任他为江西常平提举。

不过一年，江西突发水灾。陆游亲自"榜舟发粟"[2]，急奏朝廷开仓赈灾。结果竟被弹劾"不自检饬，所为多越于规矩"。

陆游毅然辞官还乡。

五年后，他再被起用为严州知州。直到向皇帝辞别的那一刻，他才终于明白，原来皇上并不是需要他的才能。

"严陵山青水美，公事之余，卿可前往游览赋咏。"

....
[1] 陆游《送范舍人还朝》："尧舜尚不有百蛮，此贼何能穴中国。"
[2] 陆游《大雨踰旬既止复作江遂大涨》："传闻霖潦千里远，榜舟发粟敢不勉。"

179

——爱卿闲来无事，还是多写写那儿的风光吧。

只是经过罢官的五年，陆游的词风已然大变。那些残留的流光藻绘早就变得愤慨而激昂。

早岁那知世事艰，中原北望气如山。

楼船夜雪瓜洲渡，铁马秋风大散关。

塞上长城空自许，镜中衰鬓已先斑。

出师一表真名世，千载谁堪伯仲间！

——《书愤》

年轻时自己壮志凌云，欲北伐中原。后来在瓜州渡痛击金贼，横戈盘马，收复大散关。

他曾自比长城，想守卫祖国边境。到头来只有镜中的白发时时提醒自己，时不我待。

淳熙十六年，光宗即位。对于新一任的帝王，陆游搏了最后一次。

可面对他"以复中原"的进言和对皇上广开言路、减轻赋税的建议，何澹等主和派再次攻击他"不合时宜"。

欲加之罪，何患无辞？

最终朝廷拿了顶"嘲咏风月"的帽子，罢了陆游的官。

当年万里觅封侯，匹马戍梁州。关河梦断何处？尘暗旧貂裘。

胡未灭，鬓先秋，泪空流。此生谁料，心在天山，身老沧洲。

——《诉衷情·当年万里觅封侯》

金戈铁马的战场已经渐渐远去，来不及了。

陆游终是叹了口气，而后将住宅题为"风月轩"。既是还击朝廷，又是轻嘲自己。

——如此一生，可悲，可笑。

耄耋憾何说——家祭无忘告乃翁

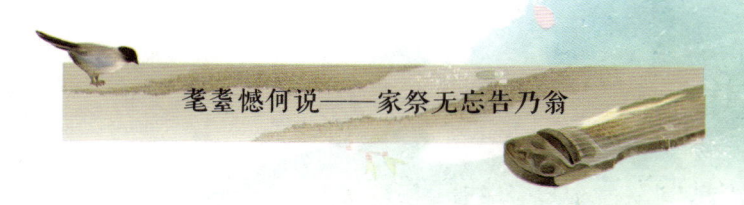

陆游终于结束了起落不定的生活，落魄无比地回到了故乡。

老宅子里满是落叶，沈园变了模样，他也早成了发须皆白的老人。

"真好，我爱的人是个英雄。"

陆游耳边忽然响起熟悉的温柔声音，他猛地回过头去，身后却空无一人。唯有已经老旧的桥，与东流的春水。

城上斜阳画角哀，沈园非复旧池台。

伤心桥下春波绿，曾是惊鸿照影来。

——《沈园二首（其一）》

国史修编完成后，他常会来到沈园坐着。时而看着城上夕阳，时而对着墙壁说话。

"婉儿，韩侂胄出兵北伐了。"

"婉儿，大宋出师很顺利，已经收复了泗州华州。"

"婉儿，我们败了……"

陆游落寞地垂着头，手中紧紧攥着一叠厚厚的诗稿——那些全是自己的热血报国之作。

他用力到苍老的指节都隐隐泛白。

"遗民泪尽胡尘里，南望王师又一年。而我什么都做不了。"

"婉儿，我什么都做不了……"

这位耄耋之年的老人，终于抱着诗稿失声痛哭起来。

后来，陆游忧愤成疾，一病不起。

临终前，他将儿子唤到床前。

"大宋击退金人、收复失地的时候，定要在家祭中告诉我。"

死去元知万事空，但悲不见九州同。

王师北定中原日，家祭无忘告乃翁。

——《示儿》

嘉定二年。

陆游结束了他充满悲剧的一生。

他不知道，北伐再未成功，中原也没被收复。

沈园墙上的《钗头凤》随着岁月的流逝静静褪色。那是这位曾写过九千余首诗词的人，一生中只写了一次的词牌。

北风寒冷，卷着冷雨呼啸吹过。

陆游紧闭双眼。比起离世，更像是睡着了在做梦一般。

晚霞灿烂，陆游身披铠甲站在逆光中，雄姿英发。

随后侧身上马，绝尘而去。

在漫天飘落的用丹心写成的诗稿里，高声怒喝："北上，收失地，卫河山！"

或许他的确不曾死去，因为有些东西会在历史的长河里永远蓬勃地跳动着。

以热血，以赤胆。

婉约 VS 豪放

谁是宋朝乐坛最强流派？

文·顾闪闪

自后主李煜"变伶工之词为士大夫之词"[1]以来，我大宋词坛人才辈出，又因各家创作风格不同，更是分成了"豪放"和"婉约"两大门派。

近年来，这两大门派你方唱罢我登场，都是佳作不断，今日他们更是派出了六大顶尖高手齐聚一堂，专为争夺宋词"盟主"之位而来。大战一触即发，到底是婉约派更胜一筹，还是豪放派技压群雄？诸位看官，让我们拭目以待。

◆ 门派简介 ◆

婉约派：婉约词牌推崇婉转柔美，内容多写宫廷贵家、深闺绮怨，重视音律和谐。词本为和歌而作，婉约派的词更接近于宋词原本的形态，因此被许多人推为"词坛正宗"。代表人物有晏殊、柳永、李清照、秦观、周邦彦等。

豪放派：词最早有"豪放""婉约"之分见于明朝《诗馀图谱》。豪放派创作

---

[1] 王国维《人间词话》。

视野广阔，气势恢宏，内容不再局限于花前月下、男欢女爱，而是像诗一样，侧重于抒发文人对于家国政治、民族命运的感慨悲愤，代表人物有苏轼、辛弃疾、岳飞、张孝祥等，陆游、范仲淹等人也多作豪放之词。

晏殊 陆游

第一回合

　　首先，婉约派早早地派出了德高望重的长老晏殊，前来出战。

　　这位晏殊可不简单，他不仅是大宋词坛的代表人物，在大宋政坛上也有着极高的地位，他官至枢密使，人称"太平宰相"。晏殊少年成名，天资不凡，一生养尊处优，见惯了锦绣繁华，因此创作风格也偏于典雅华丽，代表作有《破阵子·春景》《蝶恋花·槛菊愁烟兰泣露》等。

　　他内功深厚，不仅吸收了南唐"花间派"的精髓，字里行间有温庭筠、冯延巳之风，出招时更是难得的清丽疏朗，恰到好处地脱去了花间派的艳俗脂粉气，因此被奉为"北宋倚声家初祖"，也是公认的"江西词派"立派宗师，地位上与欧阳修齐名。

　　作为本次大战的第一位出战者，我们可以看到晏殊不骄不躁，挥笔写下了一首《浣溪沙》：

　　无可奈何花落去，似曾相识燕归来。小园香径独徘徊。

　　他先写落去的残花难以挽回，又回了一笔，表面上看起来是在写故燕重归，令人欣慰，但"似曾相识"四字却包含深意，暗指燕子即便飞回，也多半不再是当年那对了，读起来真是后劲无穷。

　　晏殊此作，虽然与其他婉约词一样，包含着淡淡的伤感之意，令人闻之不免产生惆怅伤春之感，但这悲伤只是点到即止，词人并不一味地沉溺在悲伤中，以一句"小园香径独徘徊"作结，看似什么都没说，实际上却是言有尽而意无穷，不愧是婉约派高人！

且看"豪放派"新人陆游，能否接得住这一大招？

陆游果断接招了！作为南宋的代表词人，陆游擅长写缠绵情事，但写起"豪放派"的家国之词来，他的实力同样相当能打。

我们知道，陆游生逢北宋灭亡之时，又出身陆氏名门，藏书世家，从小便受家国大义的感染，一生创作了九千三百多首诗，以泄心中的悲愤之情，一句"王师北定中原日，家祭无忘告乃翁"更是让无数南宋人闻之落泪。

陆游虽不太写词，但也写出了不少豪放大气、满含怆然之作，作为"豪放""婉约"双修的大才子，此番他代表"豪放派"出战，也是为了抒发内心志向，只见他起笔便是一首《诉衷情》：

当年万里觅封侯，匹马戍梁州。关河梦断何处？尘暗旧貂裘。

胡未灭，鬓先秋，泪空流。此生谁料，心在天山，身老沧洲。

"万里觅封侯"一语，典出《后汉书》。班超少年即有大志，曾感叹："大丈夫当立功异域，以取封侯，安能久事笔砚间乎？"这句话正道出了陆游的心声。陆游自小历经了"靖康之耻"，自少年时便一心报国，怎奈请缨无路，又屡遭贬谪，一生壮志不得酬，貂裘尘旧，鬓白如雪，热泪空流，如何不悲哀？但他依旧梦想着"呼鹰古垒，截虎平川"[1]，像玄幻小说男主般呼喊着"我命由我不由天"。

现场有不少观众听完已是热泪盈眶，可见"豪放派"词作的实力同样不可小觑！

---

1 陆游《汉宫春·初自南郑来成都作》。

李清照／辛弃疾

第二回合

"不就是'豪放''婉约'都能写吗？别说得像我们婉约派没人似的。"

只见一女子手执双剑，跃到台前，不是婉约派的毒舌大师姐李清照又是谁？与多数女文人不同，李清照擅使"双股剑"，不单单闺中闲情写得好，也创作过"生当作人杰，死亦为鬼雄"等铿锵有力的豪迈之诗，但她的看家本领，还是一手漂亮的婉约词。

作为大宋中公认的"女子文采第一"，李清照写词的水平和眼光一样的高。她笑苏轼作的词不伦不类，好像是句读不齐的诗，没半点音律之美；又讽刺王安石、曾巩徒会写文章，写词简直要笑掉大牙；怼到后面连自己人都不放过，讥柳永流连于风月，创作的词虽合音韵，却"词语尘下"；更不用说张先、宋祁、沈唐之流，虽然他们在词坛上小有名气，但作出的词拼拼凑凑，破碎不成篇，像个什么样子？

以上言论，皆收录于李清照自己写的《词论》中，她之所以敢这样说，那是因为李清照这个大师姐本就对词颇有研究，佳作无数，一时之间竟列举不完。世人往往重诗而轻词，但她却认为，词自有词的好处，就譬如它的音律之美，是诗万万及不上的。诗文只分平仄，而歌词却分五音、五声、六韵，别是一家，自不用向诗文低头。

正是有了这般体悟，李清照写词时，才能做到婉转精妙，出人意表，无一字不协律，深得婉约词之精髓。上场比拼起来，她也丝毫不怯场，仿佛自己并非娇滴滴的少妇，而是敢作敢为的狂生。

什么？你问大师姐为何不祭出代表作？

大师姐一本《李易安集》抛在你脸上，拿回去慢慢参详吧！

豪放派前来应战的，乃是与李清照并称为"济南二安"，号称"词中之龙"的猛将辛弃疾。

辛弃疾一出场，就有女观众坐不住了，甚至有婉约派的弟子悄悄地往他这边看，可见辛弃疾的人格魅力是多么出挑。这位当年单枪匹马奇袭金军大营的故事，大家想必已听过许多遍了，今天我们不再细说，单讲讲他在词坛立下的不世之功。

作为豪放词派的集大成者，辛弃疾的词号称"别开天地，横绝古今""于剪红刻翠之间，别起一宗"。而他之所以能成为豪放词的一代领袖，引领着无数"辛派"弟子纵横江湖，辛弃疾的豪放词可不只有家国情怀那么简单。

辛弃疾学识渊博，志向高远，又有其他词人难以比拟的实战经验，他将《论语》《孟子》《春秋》《南华》《离骚》《史记》《世说新语》以及李杜诗篇等经典熔于一炉，笔法奇崛，富于想象。在他笔下，草木山水无不可为词，千秋典故也无不可随手摘取。

正因如此，他这才写下了"将军百战身名裂。向河梁、回头万里，故人长绝。""马作的卢飞快，弓如霹雳弦惊""不恨古人吾不见，恨古人不见吾狂耳"这些豪迈至极，令人拍案叫绝的神作。

这里我想用豪放派词人刘克庄的话来对辛弃疾的豪放词做个概括，那便是："大声鞺鞳，小声铿鍧，横绝六合，扫空万古，自有苍生以来所无。"

在座各路英豪，可有哪一位不服？

柳永／苏轼

第 三 回 合

面对豪放派的强攻，婉约派半点不甘示弱，紧接着又派出了大名鼎鼎的"白衣卿相"柳永。

柳永早年仕途不顺，人生走了不少弯路，但他并没有就此放弃，而是不顾所谓的"正统"，将自己施展才华的舞台从朝堂转到了秦楼楚馆，开创了"凡有井水处，皆能歌柳词"的盛况，称得上是"词坛顶流"。

如果说晏殊是依靠自己在朝堂上的影响力，将婉约词推广到公卿大夫之间，那么柳永便是将自己真正融入了市井勾栏，让婉约词在歌女的琵琶里、客人的击节吟唱中，越飘越远，最终传遍天下。

柳永在写词方面的造诣已臻化境，他不仅大量运用令、引、单调、双调、三叠等词调，更是独辟蹊径，用在当时还很冷门的"慢词"，去挑战"小令"一统天下的地位，让世人明白了，原来词竟可以这般丰富奥妙，变幻无穷。如果说宋词的江湖上从来不缺顶尖高手，那柳永便是顶尖高手口中撰写传世秘籍的人。

作为婉约词派的立派宗师之一，柳永出手便惊艳众人，一句"烟柳画桥，风帘翠幕，参差十万人家"，寥寥几笔，就描绘出北宋的太平气象；随后又是一招"衣带渐宽终不悔，为伊消得人憔悴"，出招精妙，剑走偏锋，让人第一次知道"思念"二字竟可以这样去写；最后柳永又放出《雨霖铃》，希望能凭借"此去经年，应是良辰好景虚设，便纵有千种风情，更与何人说？"一击制胜，力压对手，也击碎了在场观众的玻璃心。

果不其然，一套连招下来，"豪放派"是否胆怯了我们不知，但台下的观众早已泪水涟涟，争着抢着要入柳永的粉丝后援会，这就是"风月祖师"的功力吧！

一统词坛的柳永如同在地上画了一个圈，天下的词人惊讶地发现，自己无论怎样努力创新，都突破不了"柳永的领域"。要应对这般压倒性的实力，豪放派这边只得派出了与他齐名的苏轼苏东坡。

只见东坡居士负手笑道："在下自认所作小词，虽无柳七郎风味，亦自是一家。"

如果说柳永的词如同十七八岁的女郎，手执红牙，唱"杨柳岸、晓风残月"，绵软动听，醉得人骨头都酥了；那么苏轼的词，就好比关西大汉，拿铜琵琶、铁绰板，高唱"大江东去"。

他将脚步远远地迈了出去，将词风从胭脂春水中打捞出来，"指出向上一路，新天下耳目，弄笔者始知自振"[1]。正所谓"重剑无锋，大巧不工"[2]，苏轼出手向来不滞于物，与那些认为词为艳科，低诗一等的群豪不同，苏轼虽早已名满天下，却执着地认为词为诗之苗裔，那些诗能写的壮志豪情、人生态度，词也必然可写。他也用实力证明了这一点。

"会挽雕弓如满月，西北望，射天狼。"是他渴望慷慨杀敌的豪情。

"大江东去，浪淘尽，千古风流人物。"是他对于历史的追怀凭吊。

"竹杖芒鞋轻胜马，谁怕？一蓑烟雨任平生。"是他旷达超脱的襟怀。

就像真正的武林高手摘叶飞花皆可伤人，真正的词坛高手从不拘于自己写的是词还是诗，只见苏轼信手一挥，便将自己的儒释道思想落于纸上——"词至东坡，倾荡磊落，如诗，如文，如天地奇观，岂与群儿雌声学语较工拙。"[3]

苏轼作词最重气格，苏轼之词的豪放，并非只求语言上的雄壮，让人高山仰止的是他思想和精神上的豪迈，他将这种豪迈完美地传达到每首词中，真正做到了"人词合一"，见词如见人。

苏轼作词，哪里是不顾音律？分明是曲子束缚不住他的才思。独步天下，名不虚传！

结语

豪放派与婉约派的正统之争，千百年来从未中断过。有人说豪放词是文人笔墨，婉约词不过尘俗之语，难登大雅之堂；也有人说，豪放词失之平直，有如狂怪叫嚣，婉约词才是永远的神。

然而，不管各家怎样争论，两大词派如何此消彼长，词就是词，所谓"豪放""婉约"也不过后人争论间总结出的分类，既然都是宋词的重要组成部分，又何必分你我两派？不如雅俗共享，豪放与婉约齐放，大家化干戈为玉帛，共创佳作，岂不美哉？

---

1 王灼《碧鸡漫志》："东坡先生非醉心于音律者，偶尔作歌，指出向上一路，新天下耳目，弄笔者使知自振。"

2 金庸《神雕侠侣》。

3 刘辰翁《辛稼轩词序》。

明月不知君已去

第四站

明月不知君已去　文/拂罗

悲欢离合总无情。一任阶前、点滴到天明。[1]

澶渊之盟后，短暂的太平让享乐风气又悄然滋生，士大夫开始追求高雅之音。主战派屡次遭到主和派的打压与迫害，许多著名词人无奈之下将自己放归山林。

家国的颓败、胸中的沉闷、田园的美感，这些都糅合于宋朝晚期词人们的风格中。

自北宋柳永通过白描等手法将词风"由雅变俗"以来，宋朝文坛始终"俗雅共赏"，纵观苏轼陆游等文豪一生的作品，风格也有俗有雅。

如今，到了南宋末期，词人姜夔则专注于反俗为雅，力求清幽冷隽。他的"旧时月色，算几番照我，梅边吹笛"[2]之句，符合此时贵族们追求高雅的审美，所以，姜夔词也被奉为雅词典范，自成一派。

宋词末期的主要风格为"弃俗尚雅"，它既是词从鼎盛滑落时的亡音余荡，也是多种词风的融合期。宋亡后，仍有许多如蒋捷一般的前朝文人孑然徘徊在旧山河，雅词中沾染七分故国之思、亡国之悲。昔日万人高唱的鼎盛宋音，再未响起。

从南宋初期的悲愤议论之风，再到南宋末期的高雅山水之风，可以说，词与词人经历的一系列转变，与时代的动荡变化是脱不开关系的。

从唐自宋，上下千年，多少历史曾轻飘飘地遗失于岁月烟尘之中？所幸世上还有诗词与梦，还有文人与酒，让我们得以从史书内侧窥见一抹当年的王朝遗风，就此枕着书，念着词，做它一场洋洋洒洒横渡了九百年的汴梁大梦。

请扫描此处 - 查收此间留音 »

---

1 蒋捷《虞美人·听雨》。
2 姜夔《暗香·旧时月色》。

文天祥 一片丹心照汗青

文·明戈

01

你醒来的时候吓了一跳。周围一片阴暗，腥臭无比，以至于你差点忘记这正是你此次的任务地点。

"你是谁？"

一道温润的嗓音从你身后传来。

你转过身去，借着微弱的烛光，你看见那是个穿着囚衣的男子，身形高大挺拔。

"你……是文天祥吗？"你迟疑着问道。

男子点了点头。

随着他一步步走近，你看清了他的脸。五官英气，皮肤白净，一双眸子在如此黑暗的环境中依旧炯炯有神。

"我是带你逃出去的人，快和我走。"确认了他的身份后，你拉起他的手便要离开。

"慢着，"文天祥停住了脚步，"你是谁，为何要救我？"

你扭头看着他认真疑问的眼神，心中默默喊道：废话！你可是写了近千首诗词的文学大家，这样的文豪岂能在这种恶臭监狱里等死？

"我是谁不重要。只是你多年来一直不同意为元朝效力，他们马上就要杀了你。"

你语气很急。

文天祥听后，面上竟没有一丝波澜，反而轻轻笑了下，"终于……"

"不过你似乎有点不一般。"文天祥看起来并不在意自己的事，而是好奇地盯着你，"你到底是谁？"

听到他的问题，你决定：

    (A)   (B)

 告诉他自己的真实身份   用装傻敷衍

   跳 转 4   **跳 转 8**

02

"'国破山河在，城春草木深'，杜甫这首《春望》真是凄苦哀切。"你感慨道。

文天祥听后眉毛立刻扬起："你也喜欢子美吗？他的诗真的写得太好了，宛如史书般厚重。"

你见文天祥的态度有变化，连连点头。

"可惜我的诗词远远比不上他……"文天祥叹了口气，流露出哀伤的神色。

你猛地一摆手，坚定道："不！你的诗词也写得特别好！"

"真的吗？"文天祥墨一样漆黑的眸子看向你。

"真的！"你差点说出他《过零丁洋》里被万世传颂的绝句，可这将影响历史进程，于是你又生生憋了回去。

看着你急吼吼又憋得脸通红的样子，文天祥轻轻笑了起来。

——啧，好一个唇红齿白，面若桃花的男子……

你看得直接出了神，以至于他告辞离开你都没反应过来。

望着文天祥远去的背影，这次你决定穿越到：

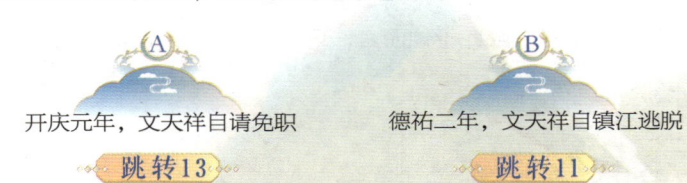

    (A)   (B)

 开庆元年，文天祥自请免职 德祐二年，文天祥自镇江逃脱

   跳 转 13   **跳 转 11**

193

03

文天祥先前家中家产颇丰，平日里声伎满堂，锦衣玉食，现在却近乎家徒四壁。

"元军已经兵分三路南下，你就算散尽家产，聚集万人赴京，又有何用？"

你不禁感叹他傻，在元军的实力面前，这便是羊入虎口。

"义胜者谋立，人众者功济，如此则社稷犹可保也。"[1]文天祥看向你说，"以及……你是何人？"

"我是谁并不重要，重要的是你在做无用的努力。"你面色焦急。

你知道，率军勤王不过是个开始，后面他面临的会是各种失败与危险。

"我心已决，你无须劝说。"

你叹了口气。

既然劝说无用，那只能想些别的办法了。

你决定：

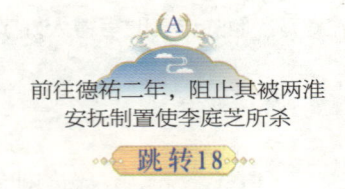

A 前往德祐二年，阻止其被两淮安抚制置使李庭芝所杀
跳转18

B 前往德祐二年，阻止他义使元营
跳转23

04

"我……"

你知道文天祥是聪明人，万一说假话被发现了，反而会失去他的信任。

"我不是这个时代的人，其实我来自未来，此行的目的是救你逃出监牢。"

"果然。这监狱戒备森严，我还讶异你如何能毫发无伤地进来。"文天祥说罢，看向你笑了笑，"谢谢你来救我，只是于我而言，这监牢内外无异。"

你隐约明白他是什么意思。

三年前，宋朝就亡了。或许于他而言，只要还生活在元朝的疆土上，便已然是囚徒的身份。

---

[1] 出自《宋史·文天祥传》。

"可起码你能活下去……"你继续不放弃地劝说。

文天祥摆了摆手,而后像是想起来了什么似的,突然开口:"对了,你不是能穿越时空吗,不如去当年看看吧。"

虽然你不知他是何意图,但他的话倒是提醒了你。如果他不肯出监狱,那你从一开始阻止他进监狱不就可以了?

你向文天祥点点头,而后启动了时光机,选择来到:

Ⓐ 宝祐四年,文天祥高中进士
跳转7

Ⓑ 德祐元年,文天祥率军勤王
跳转3

05

"晏几道的小令真是语言清丽,不知你是否喜欢?"你问道。

文天祥微微颔首:"叔原的词当然极好,只是国难当头,在下对婉约词没有过多研究。"

说罢,文天祥后退一步。

"道不同不相为谋,我还有事,先走了。"

你望着文天祥离开的背影,叹了口气。

或许该聊点别的……

———————— 任务失败 ————————

06

"想起来我了吗?"你晃了晃手中的杜甫诗集。

文天祥却是一脸茫然。

195

也许诗集并不是正确的物件……

任务失败

07

远处，少年文天祥从集英殿走出来，步履轻快，意气风发。

一旁众人都围上去道喜。

"文云孙，没想到你被皇上亲选为状元，可喜可贺啊。"

"听说你看到考题后直接挥笔万言，全篇未改一字，厉害厉害，难怪理宗称你为大宋祥瑞。"

你在角落里偷听着，恍然大悟。难怪他后来改名文天祥，甚至把字改成了宋瑞。受到皇家如此器重，岂有不感恩的道理？

文天祥与众人道谢后，转身离开，你看准时机一把将他拉到角落里。

"你做不做官，都写得出好词。"你开门见山道。

文天祥表情有些惊讶，看着你愣了一会儿而后说："写词不过是爱好，做官才是我的正职。"

"做官有什么用？你为这样一个强弩之末的朝廷效力，最后是会……"你把"被杀"两个字含糊了回去，"……总之你更适合老老实实写词，更安全。"

"外族入侵，皇上又如此看重我，我自当挺身而出。"文天祥眉头微蹙。

"器重又如何？你在诗词方面会更有建树。"你打断他。

或许是你操之过急，言语过于执拗生硬了。文天祥闭了口，不再讲话。

为了缓解现在的僵局，你决定提起一个话题来破冰。

你选择：

A	B	C
讨论杜甫	讨论晏几道	讨论治国之策
跳转2	跳转5	跳转10

08

"我呃……"你支吾道,"别问了快走吧。"

你言辞闪烁,并继续试图拉着文天祥离开。

没想到文天祥挣脱你的手:"不。若我逃走,这便是懦夫所为,并非死得其所。"

他面色微愠,语气严肃:"请回吧。"

说罢,文天祥便转过身去。不论你如何劝说,都不再言语了。

● 任务失败 ●

09

"新年快乐。"你笑着晃了晃手中的烧酒。

"我还在想何时会见到你。"文天祥也笑了起来,"来,坐这儿。"

你走过去,与他比肩而坐。

你们两个像多年未见、轻松聊天的朋友一样,在监牢中彻夜畅谈。

"又写新诗了吗?"你为他斟了一杯酒。

"喏,你来前刚刚写好。"他递给你一张纸。

乾坤空落落,岁月去堂堂。

末路惊风雨,穷边饱雪霜。

命随年欲尽,身与世俱忘。

无复屠苏梦,挑灯夜未央。

——《除夜》

岁月流逝,时光荏苒。他历经抗元的血雨腥风,又饱尝了边地的霜雪冰冻。如今一切都在渐渐消散,记忆也罢,生命也罢。只剩烛光下的一个模糊凋残的身影,在新年感慨夜的漫长。

"写得真好……"你笑中带泪地称赞。

文天祥倒是望着高处小小的铁窗，出神起来。

"在五坡岭成了战俘后，我便吃了龙脑，可惜未死成。先前被押送至燕京的路上，我曾绝食，计划在途经故乡的时候死去，可惜也未死成。

"后来我便在这牢中捱着，捱着……

"我觉得，这是我人生里最后一个除夕了。"

说到这，他看向你，似乎明白你知道些什么，在讨一个回答。

你没说话，只是犹豫许久后轻轻点了点头。

文天祥释然地笑起来。

你眼前却升了雾气，影影绰绰地看不清文天祥的脸，徒留耳边温柔低沉的嗓音，缓缓吟诵着："命随年欲尽，身与世俱忘。无复屠苏梦，挑灯夜未央。"

有些人生命逝去了。

声音却永远留存。

达成结局：屠苏一梦

10

"嗯……现在的郡县制虽然除掉了五代的弊端，但同时也削弱了大宋。敌军若攻打，到一处就可破一处。你以为如何？"

"正是如此！"

文天祥听后先是微微惊讶，而后立刻来了兴致，一扫方才不悦，拉住你侃侃而谈起来。

你知道这一定会引起他的兴趣，因为你说的正是他日后向朝廷进言的雏形。

"可你的规划过于疏阔，想必难以实行。"

你的回答，也正是日后朝廷驳回他的话。

看着他闪闪发亮，充满期待的眼睛，你其实很想告诉他，别这么努力了，南宋覆灭已成定局。

也无须对朝廷的赏识那么感恩，官场黑暗，以后多得是苦吃。

可又正是因为他那双单纯赤诚的眼，让你把到嘴边的话又咽了回去。

罢了罢了，面对这样一个大帅哥又有什么办法，你多费些心就是了。

下一步你决定：

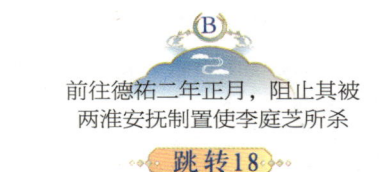

A
前往咸淳九年，阻止他与
前宰相江万里见面
跳转17

B
前往德祐二年正月，阻止其被
两淮安抚制置使李庭芝所杀
跳转18

11

几日随风北海游，回从扬子大江头。

臣心一片磁针石，不指南方不肯休。

——《扬子江》

公元1276年，文天祥站在船头远望南方，口中吟诵着什么。

前不久元军节节胜利，一直打到临安城下，并称要与南宋谈判。南宋满朝文武，无人敢往，这时文天祥站了出来。

可惜后来谈判失败了，还扣留了他们一行人。文天祥被押送北上，于镇江乘隙死里逃生，坐船历北海南下。

"差点命都丢了，还要南下抗元吗？"你看着他在船头挺拔消瘦的身影，禁不住开口问道。

"你是？"文天祥转过身来，似乎不记得你是谁。

你想了想，拿出：

A
玉佩（需先获得物品）
跳转14

B
杜甫的诗卷
跳转6

12

"回去做官吧。"你深吸一口气说,"大宋……大宋需要你。"

"现在可用的人才不多,若你都离开了,宋朝才是真的完了。"你声音闷闷的。

文天祥听后,眼中闪过一丝光。

"你是第一个说大宋需要我的人。"文天祥看向你,漂亮的眸子里满是真诚,"我正需要这样一句话。"

"谢谢你。"说罢,他递给你一枚玉佩。

你心底忽然被什么东西刺痛了一下。

他需要的是重新入朝为官的勇气,而你却是在验证另一件事情。

获得「玉佩」

跳转11

13

你找到文天祥时,他正坐在院中发呆,虽然面前放着纸笔,可砚台中的墨早已干涸,纸上也不过一行诗而已。

你知道,前不久他上书请求斩杀董宋臣失败了,于是愤怒无比的他罢官回乡。

"诗词写得如何了?"你走近,轻轻拍了下他的肩膀。

"你怎么在这?"文天祥很惊讶,而后顺着你的目光看向桌前的纸,"老样子,依旧感觉欠缺些什么。"

你仔细瞧着那句诗,水平的确与你印象中的大有差距。

"没事,你还年轻,自然有很多进步空间。"你也不知为何会这样,只得随便找了个理由。

文天祥没接你的话,而是口中喃喃:"为何不杀董宋臣……蒙军大举入侵,为何不打……"

其实你本是十分开心他罢官的。

因为只要他继续不做官，就能免受以后的牢狱之灾。依靠他的家财，足可以在这乱世顺顺当当地活下去，你原定的计划也是说服他如此。

可当你亲眼看到他失神的样子，并发现一些其他的事时，你却犹豫了。

思索片刻后，你决定：

A 还是说服他回去做官 跳转12

B 说服他继续出仕 跳转15

14

你拿出十七年前，文天祥送你的玉佩。

"是你！"他神色一喜，"你怎么会在此处？而且……"

他细细端详起你来："你的容颜似乎没有变化？"

"臣心一片磁针石，不指南方不肯休。"你略过他的问题，念起他方才的诗来。

果然，比起你上次看到的作品，现在的诗句才是真真正正属于文天祥的诗句。

你曾希望他在书房中安度一生，百岁无恙地写着传世之作。可事实证明，规整的书卷与隔世的生活只会逐渐杀死他的笔。唯有战场的刀光剑影，抗敌卫国的热血与怒吼，才会让他的笔活过来，写出跨过千年也仍旧滚烫的诗词。

好的作品，是要经历过死亡的。

只是……

曾经那张干干净净，意气风发的少年的脸，现在满是胡茬与血痕，他的衣服也脏破不堪。

"你……"你叹了口气，"你该是个诗人的……"

你不知道该如何表达现在的情绪，倒是文天祥冲你安慰似的笑了笑，补充道："爱国诗人。先爱国，而后才是个诗人。"

说罢，他转过身去，继续望向南方。

201

而你决定：

A
穿越到至元十八年，同他过最后一个除夕

跳转9

B
穿越到至元十五年，救他最后一次

跳转19

15

"官场就是这样。别努力了，况且大宋气数已尽，结局不会有变化的。"你劝说道。

听了你的话，文天祥的眼神划过一丝震惊和悲痛。

你正要继续说些什么，忽然，你陷入了一片白茫中，主系统开始提示错误。

返回13

16

你终于回到了最开始的牢房。

"你真是不嫌折腾，在我生命里前前后后穿梭了一番，倒是给我添了很多新的记忆。"

文天祥笑道。

"不过最关键的一幕你还未看到，去我孩童时看看吧。"

……儿时吗？

你的确未见过他小时候。

很快，你眼前出现了一个眉清目秀的小男孩，正在学宫中看着"欧阳修""胡铨"等乡贤的画像，每个人的谥号都写着"忠"。

"姐姐，这代表他们都是忠贤之人对吗？"他扬起白白嫩嫩的小脸看向你。

你愣了一下，而后点点头。

小男孩笑了起来，漂亮的眼睛弯弯的。

"我日后也要做这样的人，这才是真正的男子汉！"

男孩小小的身影淡去了，与眼前文天祥消瘦高大的身影渐渐融为一体。

"现在你知道为何我不同你走了吗？"文天祥负手而立。

"原来你从幼时便……"你恍然大悟，一切都能解释通了。

文天祥朗然笑了起来。

"我虽痛苦，但也高兴自己一次都没被打倒。所以别再难过费心了，快走吧。"

"对了，谢谢你提醒我大限将至。"

时光机启动了，巨大的噪音吞没了他的最后一句话。

直到你回到现代，才发现史书上多了一段记载。文天祥临死前，像有预知般在衣带间写下了如下的绝笔——

"吾位居将相，不能救社稷，正天下，军败国辱，为囚虏，其当死久矣！倾被执以来，欲引决而无间，今天与之机，谨南向百拜以死。其赞曰：孔曰成仁，孟曰取义，惟其义尽，所以仁至。读圣贤书，所学何事？而今而后，庶几无愧！宋丞相文天祥绝笔。"[1]

文天祥是个英雄，不仅在于他几次慷慨赴死，更在于他狱中不肯屈服的三年。

直至最后仁至义尽，死得其所。

而所谓英雄，便是不畏死，不惧生。

达成结局：英雄无悔

17

你在府中的回廊内找到了文天祥。

先前文天祥因直言进谏被弹劾，现在又被重新启用为提点荆湖南路刑狱。你知道，在此次谈话中，江万里对文天祥寄予了厚望，称"世道之责，其在君乎？君其勉之"[2]。

文天祥刚刚见识完朝廷的阴暗，可不久后竟愿散尽家财率军勤王，你猜测定与

---

1 文天祥《衣带赞》。
2 出自《宋史·文天祥传》。

此次谈话有关。

"江大人今日身体不适，请回吧。"你穿着下人的衣服，拦住了他。

"是你？你何时来此做了侍女？"文天祥面露疑色。

"下人的事不值一提，只是家主实在不方便见客，请回吧。"你语气严肃。

"这……好吧，劳烦代我转达问候。"

跳转20

18

文天祥刚从元营逃出，正赶往真州，却被小兵造谣他是来劝降的。李庭芝听后勃然大怒，命苗再成立刻杀死文天祥。

你找到苗再成，告诉了他实情。后经他验证，文天祥的确并无劝降之意，于是偷偷放跑了文天祥。

在逃跑的路上，文天祥饥寒交迫，又被元军追杀，身边的人都一个个在他面前被杀了，他坐在樵夫的箩筐里才得以逃脱。

你寻到文天祥时，他已经惊惧劳累到面色发白。

"为了这个朝廷，值得吗？"你递过去一壶水，心疼地问。

你知道就算他如此拼命，数月后宋端宗即位，朝中官员仍会为了权力争夺，在国家存亡的危急时刻，暗中对文天祥出手。

许是因为他太累了，所以并没有再问你是何人，只是轻轻点了点头。

"他们封你为右丞相是为何，你不知道吗？"你看到他的样子更加难过，红着眼睛问。

文天祥又点了点头。

对他而言，他并不知道日后的事情。或许正是因为不知道，所以才没有后悔和畏惧吧。

两年后，他的众多朋友纷纷降元，并肩作战的将领朋友也几无生还。

就算自己被加封为少保、信国公，可母亲与仅剩的儿子也死了。

就连他自己，也成了战俘。

事到如今，你也不知道该如何劝说他。

于是你选择：

Ⓐ 去往他被俘之前
跳转21

Ⓑ 回到起点之时
跳转16

19

祥兴元年，文天祥战败被俘。

辛苦遭逢起一经，干戈寥落四周星。

山河破碎风飘絮，身世浮沉雨打萍。

惶恐滩头说惶恐，零丁洋里叹零丁。

人生自古谁无死？留取丹心照汗青。

——《过零丁洋》

"你……还好吗？"你看着放下笔，面色坦然的文天祥，皱着眉头问。

"你还真是神秘，总在我意想不到的时候出现。"文天祥笑道，"来，看看我新作的诗如何。"

他的笑对比着额上血淋淋的伤口，让你觉得格外刺眼。

"我还记得，你说我会写出很好很好的诗。"说到这里，文天祥的表情有点哀伤起来。

"只是我不知道，代价是要经历这些。"

"跟我走吧……"你猛地抬起头，"我救你离开。"

你知道后面的发展，文天祥说着"国亡不能救，为人臣者死有余罪，况敢逃其死而二其心乎"[1]，拒绝了元朝的招安，因此被移送到京师。

现在已是所剩无几的机会了。

---
1 出自《宋史·文天祥传》。

文天祥却安慰性地拍了拍你的肩："我自有安排。"

可他的安排，却是在去京师的途中断食断水，以死明志。

"你真的不走吗？"你不甘心放弃，又问了一遍。

"死亡不可怕，尤其是死得其所。"你看见文天祥的眼里有赤诚的光在闪耀。

"总有些事比活着重要，总些东西会流传下去。"

这时来了两个士兵，将他押走了，不知前往何处。你在角落里看着他清癯挺直的背影渐渐远去，眼泪不知何时流了下来。

人生自古谁无死？留取丹心照汗青。

总有些事比活着重要，总些东西会永世流传。

达成结局：一片丹心

20

计划成功后，你来到了德祐元年。

……

怎么回事？文天祥依旧在率军勤王，哪里出了问题？

A 穿越回去，继续尝试　　**跳转22**

B 放弃尝试，劝说他不要率军勤王　　**跳转3**

21

五坡岭。

你想救他最后一次。

"跟我走吧，你已经做了你能做的一切，元军马上就攻进来了。"你几乎能听见战马的嘶鸣声。

文天祥看着眼前的龙脑，并没有回答你。

你明白他是想在最后一刻英勇赴死，可你知道结局，他没有死，而是被捉了起来。

"万一你活了下来，你知道你的命运会是什么吗？是战俘，是被关押到死。"

你没有在危言耸听，因为这正是他以后的遭遇。

比起慷慨赴死，活下去更加痛苦。元军知道他想以死明志，更不会让他得偿所愿。他要日复一日面对敌人的劝降，一次次承受失去祖国的耻辱。

"我知道，可我不能跑。"文天祥的眼神清澈无比，像是不仅知晓，还看透了一切，"我愿意承受这些从不是因为皇恩浩荡，或是我对未知的未来有着无知的勇敢。"

"仅仅是因为我愿意而已。"文天祥拿起眼前的毒药，仿佛在饮美酒。

"吾至死，为大宋之民。"

达成结局：至死不渝

22

你又尝试了多次，结果仍旧不会改变。

看来他选择为朝廷散尽家财，与他人的期待厚望无关……

跳转 3

23

文天祥东南战败不久后，宋朝投降，并命文天祥去元营议和。你知道结局是他会被俘，于是在路上用了伎俩，令使团困在路上。

结果因为他们未按时到达，被元军问罪。

任务失败

姜夔

花满市,月侵衣

文 · 顾闪闪

古人给孩子取名历来很有讲究,其中往往包含着对新生儿的期望和祝愿。

譬如辛弃疾的祖父很崇拜汉朝名将霍去病,因而为他取名"弃疾",后来他果然和霍去病一样,征战沙场,一生致力于恢复山河;苏轼的父亲苏洵希望他能如车轼一般,收敛锋芒,扶危济困,苏轼成人后果然豁达洒脱,随遇而安,且始终坚守着一颗为民之心。

南宋年间有个姓姜的读书人,也深谙"取名改变命运"这一玄学,他许愿儿子能像尧舜时期的乐官"夔(音葵)"一样,精通乐理,所以给他取名为"姜夔"。

后来他儿子果然每次考试都答不完卷。

当然最后这句是编的,但"夔"字难写是真的,姜夔考试的运气糟糕是真的,一身的艺术细胞也是真的。和书中其他词人比起来,姜夔的人生似乎并没有那么波澜壮阔,用短短十六个字就可以概括:

安分守己,穷到飞起;多才多艺,回乡种地。

然而姜夔在作词上的才华同样不可小觑，在晏殊、柳永、苏轼等词坛掌门相继谢幕后，他带着一首《扬州慢》华丽登场，开宗立派，一时横扫南宋pop（流行音乐）榜单，成为"雅词"派的掌门人，才名不亚于辛弃疾。

姜夔当时红到什么地步？他每写一首新词，隔天江南所有的秦楼楚馆就会开始循环演唱这首词，一直唱到歌词人人会背，曲调刻进DNA才算完。重要的是，还没有人冲出来说这歌烂大街，谁听了都得竖起大拇指，赞一声："雅啊，雅到头了。"

尽管在"中小学生必读古诗词"中，姜夔作品的入选比例远赶不上其他大词人，但在"推荐一些小众的个性签名"的帖子里，你永远能看见姜夔的名字。

"苔枝缀玉"[1]别致吧？姜夔写的。

"春风词笔"[2]有腔调吧？姜夔写的。

"淮南皓月冷千山，冥冥归去无人管"[3]清灵吧？还是姜夔写的。

最了不起的是，姜夔除了是位词人外，还是一位杰出的音乐家。读过"词牌"那一篇后，我们知道，古代大多数文人填词，都是先有曲，再按曲子的格律去填词，这样作词的难度就大大降低了。可姜夔偏不，可能是觉得走寻常路对不起自己的大名，姜夔喜欢先填词后谱曲，词曲双修，因此作出来的词不仅文字精妙，还兼有音韵之美。

因此南宋的文人皆以能吟姜白石[4]的词为乐趣，以倾听姜白石的琴声为雅事，要是当时有版权费这么一说，他保准富到流油。

遗憾的是当时并没有，于是南宋唱作歌手姜夔穷如野狗。

姜夔出生于仕宦之家，父亲早死在知县任上，十四岁的姜夔没人养活，只好依靠姐姐姐夫，这么一说，他的形象应该有点像《白蛇传》中的许仙。

成年后的姜夔不好意思再被姐姐养活，于是过上了四处漂泊的生活。他顺流而下，乘船到了被铁蹄践踏后的扬州城。在这里，他拨动琴弦，写出了那首流传千古的《扬州慢·淮左名都》。

---

1 姜夔《疏影·苔枝缀云》。
2 姜夔《暗香·旧时明月》。
3 姜夔《踏莎行·自沔东来丁未元日至金陵上感梦而作》。
4 姜夔，字白石。

淮左名都，竹西佳处，解鞍少驻初程。过春风十里，尽荠麦青青。自胡马窥江去后，废池乔木，犹厌言兵。渐黄昏，清角吹寒。都在空城。

杜郎俊赏，算而今、重到须惊。纵豆蔻词工，青楼梦好，难赋深情。二十四桥仍在，波心荡、冷月无声。念桥边红药，年年知为谁生？

那时候的扬州还叫维扬，年轻的词人骑马行过古城，见夜雪初霁，满目青青，不禁解鞍停驻。青绿色本是充满了希望的颜色，但一想到这绿色来自荒野中杂生的荠麦野苗，而野草之下覆盖的，是怎样的繁华过往，姜夔的心中便生出一种深深的凄凉悲哀。

清角吹寒，牵动忧思，他不禁想到唐朝诗人杜牧笔下的"二十四桥明月夜，玉人何处教吹箫"[1]，当时的淮左名都，竹西佳处，两岸脂粉，欢情无限，谁看了不艳羡？但也正是这个缘故，才招致了兵祸，胡人南侵，扬州城生灵涂炭，至今就连废池乔木，犹厌言兵，何况两岸的百姓？

此情此景，与《诗经》中《黍离》一篇何其相似，姜夔深叹一口气，不禁生出国破家亡之悲："知我者谓我心忧，不知我者谓我何求。"[2]

纵使豆蔻词工，青楼梦好，再难赋杜牧当时的深情，他心中的悲哀又有谁能知晓呢？

夕阳西下，黄昏已过，一弯冷月清泠泠地映在波心，随水飘荡，清寂无声。旧时的二十四桥仍守护着这座空城，姜夔记得，它还有个名字，叫作"红药桥"。可怜桥边芍药，依旧年年盛开，候人欣赏，可昔日扬州城中的赏花人却已流落四方，再不会回来。

姜夔出道即巅峰，一句"念桥边红药，年年知为谁生"唱进了南宋所有人的心里，从此他在星光闪耀的词坛上有了一席之地。

那年，他刚刚二十二岁。

但姜夔的人生并没有因此变得一帆风顺，他多次科考失利，先是去了江淮，又辗转到了湖南，由于过于有才华被诗人萧德藻当场抓获，做了人家的侄女婿。这天

---

[1]《寄扬州韩绰判官》。
[2]《黍离》。

萧德藻拉上他，说小姜你来，大爷给你介绍几个我的好朋友，木门一拉开，姜夔人都傻了，杨万里、范成大、朱熹和辛弃疾坐在那齐刷刷盯着他，争着要和他做朋友。

姜夔：未免有点太夸张，我还是个小透明，这种阵势实在有点招架不住。

但也不能怪大人物们都喜欢姜夔，在众多大才子之中，他也算才上加才的，诗词、散文、书法和音乐等领域，样样涉猎，一点就通，堪称"九门功课同步学，哪里不会点哪里"。

这样的才子肯定少不了红颜知己的青睐，绍熙元年，姜夔客居在合肥的赤阑桥，在水岸之畔邂逅了一对姐妹，从此陷入了一段千回百转的深情。

别误会，这对姐妹没有尾巴，姐姐也不姓白，但他们三个同样喜欢唱歌，没事就隔岸对上两首，寄托情思，姜夔也为此创作了诸多佳作。但无奈良辰美景如镜花水月，才子已有妇，美人又缺钱，双方只得黯然分手，临别时，姜夔挥泪写下一首《秋宵吟》，感叹"卫娘何在，宋玉归来，两地暗萦绕""但盈盈、泪洒单衣，今夕何夕恨未了"。

与二美分手后，姜夔怀疑人生之余几乎要抑郁，为了排遣心头郁闷，只好跑到苏州去找老朋友范成大玩耍。二人喝酒唱和赏梅花，互吹彩虹屁，哄得对方都很开怀，度过了一段非常快乐的时光。

临别的时候，善解人意的范成大拍拍他的肩膀，朝他递了个眼神："男子汉大丈夫，有什么看不开的？你瞧我的侍婢小红是不是还挺漂亮的？从今天起就归你了。"

姜夔一看，这不是刚才赏梅花的时候，唱曲奏乐的两个歌伎之一吗？当夜他作了两首《暗香》《疏影》词，教给小红，小红是个有音乐细胞的妹妹，立马就能唱。月色清寒，美人如玉，他站在梅边吹笛，小红轻轻唱和，那场面别提多浪漫了，两人都有点动心，一听到范成大的话，赶紧收拾包袱，连夜划船回家去了。

回家的路上，姜夔一扫之前的郁闷，心情异常愉快，连作了十首绝句，其中《过垂虹》中写道：

自作新词韵最娇，小红低唱我吹箫。

曲终过尽松陵路，回首烟波十四桥。

心情一好了，船划得那叫一个快，装俩翅膀就快飞起来了。

范成大无语：你们不用跑那么急，我又不反悔。

姜夔不光招美女喜欢，他还招小帅哥崇拜。有个叫张鉴的青年，是个富二代，爷爷是南宋名将张俊，家里巨有钱，在杭州、无锡市中心都有别墅，喜欢姜夔的词喜欢得要命，每天黏在姜夔身边，今天问"偶像你还租房住呢，要不我给你买套房吧"，明天说"偶像的新歌是我不花钱就能听到的吗？求求你给我个机会，我激情转账"。

这天他突发奇想，对姜夔说："偶像，要不我给你买个官吧！"

考了二十年的姜夔：我觉得你是在侮辱我的人格，践踏我的尊严，我科举是为了做官吗？我是为了要证明我自己。

那一刻的姜夔在张鉴的眼里，仿佛在发光，从此他越发殷勤地照顾偶像，两人出则同舆，入则同席，"十年相处，情甚骨肉"[1]，张鉴还答应了要替姜夔养老，两个人一同在西湖泛舟，在杭州遛鸟。

本来故事到这里应该就是个 happy ending（好结局），但命运无常，年纪轻轻的张鉴竟抛下姜夔先去世了，姜夔悲痛欲绝，不仅仅是因为失去了经济来源，更是因为没了毕生知己。张鉴死后，姜夔常常呆坐在一处，惘惘然若有所失，两人的种种往事止不住地涌进脑海，令他难以释怀。[2]

他在给张鉴的悼词中写道：自己来到张家的门前，就会想念起张鉴活着时候的场景，凄然地在屋中独坐一整天；转身想走，又会想到张鉴临终同自己说话的神情，故而依依不舍，进退两难。

张鉴死后，姜夔人生中所有的快乐喜悦也随之落幕。

张鉴死前，姜夔还在积极求仕，他将自己在音乐上的毕生钻研写下来，向朝廷献上了《大乐议》《琴瑟考古图》和《圣宋铙歌鼓吹十二章》，朝廷也破例准许他直接到礼部参加进士考试，但考试之神依旧没有眷顾他。张鉴去世后，就连这穷极一生追求的科举，姜夔似乎也不是那么在乎了，又或是生活困顿不允许他再争，此

---

1 姜夔《自叙》，收录于周密《齐东野语》。
2 姜夔《自叙》："入其门则必为凄然，终日独生，逡巡而归。思欲舍去，则念平甫垂绝之言，何忍言去！"

后姜夔再未去考。

嘉泰四年，一场大火烧毁了杭州二百七十多所民房，张鉴买给姜夔养老的屋舍也在其中。

嘉定十四年，穷困潦倒的姜夔与世长辞，死后无殡葬之资，几个朋友凑钱将他葬在杭州钱塘门外，那是他与张鉴约定好要一起颐养天年的地方。

终于，困苦了一生的音乐才子，可以不用再漂泊了。

蒋捷 春风未了秋风到

文 拂罗

三更

悲欢离合总无情……

《虞美人》还未落成，蒋捷提笔出神，发现风正悄悄掀起宣纸一角，要将他的新作抽走。

他连忙搁下镇纸，起身关窗，却听见风在窗隙呜呜咽咽，那委屈的模样，简直像是词未成稿，便迫不及待要端起来唱小曲儿，却被不解风情的郎君拒绝的女子。

"公子，兴许我一唱，你便有灵感了呢？"

亡妻素玉[1]的笑音响起，蒋捷微微一愣，任风吹细雨，迎面而来。

——年轻时闺房花烛，妻子守在灯烛边与自己说起绵绵的细语，目光交汇时，她红着脸低头莞尔一笑，酒窝浅浅，却故意不改口叫他郎君，轻声唤着"公子"。

---

[1]《蒋氏家乘》："配晋陵学士佘安裕公女名素玉。"

公子……

"公子？"

此时，有人轻轻叩响桌沿，入目却是小沙弥秃秃的头顶，小沙弥担忧地问道："夜深了，您站在这儿易染风寒，看，这书稿都湿了。我帮您另找一处客房吧？"

蒋捷回过神，见宣纸果真已被雨水浸湿许多，一滴滴，像极了素玉病危时流淌的泪。那时她两鬓早添白发，在病榻前紧紧握住他的手，意识迷离："夫君，大宋可安在？何时能归家？"

家……转眼走过大半生，热热闹闹的一大家子竟只剩下他孤身一人了。

滴答、滴答。

两鬓花白的蒋捷听着雨声，苦笑摇头："不了。"

四更

小沙弥看不穿这位客人笑意里的凄与苦，但还是恭恭敬敬地行礼，轻步离去。方丈说，早在他出生前，这片土地还堂堂正正地属于汉人——这位被称作竹山先生的客人，便是前朝遗民。

他很好奇前朝往事，便跑去细问方丈。

"师父，宋朝是什么样呀？"

年迈的方丈不答，只颤巍巍地合掌朝向北方，高声诵经。

"阿弥陀佛——"

距离宋亡已有几十年。

这雨声倒和年少听雨时相似极了。

而蒋捷面前的宣纸上，最后一句也终于缓缓落成。

"一任阶前、点滴到天明。"

须发泛白的蒋捷早就记不清楚自己的生辰，他只记得约莫是淳祐五年，那时，宋人随高宗南渡已过了百年之久。《东京梦华录》里描绘的故都百态，早就只是枕着晏公词入眠时在梦里才能窥见的繁华云烟了。

听着雨忆往昔,他偶尔会庆幸,自己降生在阳羡一带的名门望族,从小不愁吃穿,饱读诗书;也庆幸少年时的自己赶上了大宋较开明的十余年,那时奸相史弥远终于逝世,理宗得以亲政,一切似乎正渐渐往好的方向运转,这也给了少年的他莫大的鼓舞,誓要考取功名,为国效力。

正如他的名,捷报频传的捷,又像他的字,胜欲。

爹说,唐朝后便是宋,曾经大宋的首都在北方,它也被前人称作东京开封府。词,经过苏子瞻与欧阳修等文学大家的打磨与变革,顺利被宋人发扬光大,成为比肩唐诗的璀璨文化。宋虽然经济繁荣,但军事一直落在下风,在西夏与辽国的进犯下频频示弱。终于,第八位"文人"皇帝徽宗即位后,各地起事,民不聊生,而金人在灭辽之后,立刻趁胜入侵了东京。

城破那天,正是靖康二年的隆冬。

靖康耻,犹未雪,臣子恨,何时灭。[1]

这成了人们心中一道深深的割伤,如心头血一滴滴落下,至今无法拭净。后来,存活下来的康王赵构在临安立了新的都城,延续了百年国运。

临安城渐渐又成了繁华似云烟之地,可遥望北方,那曾是旧都的方向啊。

自南渡后,文人口中的唱词总是带了几分破碎与萧瑟。

蒋捷记得后院种着许多竹子,爹总是指着那一片苍翠,语重心长地教导他:"捷儿,君子当如竹,风雨不折其腰,霜雪不摧其骨。"

少年深深点头:"是,我记住了。"

可回首至今,原来自己只懂了竹的傲岸,未看清父亲眼中深深的忧虑。

随着理宗"端平更化"的不了了之,随着"抗蒙英雄"贾似道的凯旋,整个京都处在一片虚假的太平景象中,竟不知敌军将近。那时蒋捷正值大好年华,眼前是歌舞笙箫,身边是软香罗帐,每逢元夜城中便一片琉璃光射,这些盛景都深深地绣在了少年公子的扇面上,陪他金鞭策马,陪他歌楼听雨。

——经年后,这些都被蒋捷深深描入追思词"春风飞到,宝钗楼上,一片笙箫,

---

[1] 岳飞《满江红·写怀》。

琉璃光射"[1]中。他经历了人生最美好的光阴，洞房花烛，迎娶晋陵学士家的女儿，三十岁又金榜题名，高中进士。

若生在百年前的大宋，他的人生，似乎正朝着最好的方向一路进发。但那时的宋早已是风雨飘摇中的孤舟，理宗任用了欺上瞒下的贾似道为相，而后度、恭二宗亦不能明辨是非，昏官奸臣横行朝堂。

在蒋捷考中进士仅仅五年后，宋便在外族的铁骑下永远沦为了史书旧页。

失了国的遗民，如同失了根的花草，还未当上宋官的蒋捷就这样失了所有的信仰。他不仅没亲眼见过前人词里的开封府，更没赶上宋朝最繁华的时候，在词人如流星般降临的年代，他似乎太眷恋于青云间，慢了一步，从此与心心念念的大宋永远失之交臂。

那动荡忧患的五年，是蒋捷此生不愿再回忆的岁月。其实一切早在朝廷昏庸时便有了征兆，那时，无数与他熟识的乡士因直言进谏而获罪，激昂报国无果，被逐出临安。在饯别的亭中，他就曾苦笑着写下"世上恨无楼百尺，装着许多俊气。做弄得栖栖如此"[2]送给友人。

我恨这世上没有百尺高楼，能容诸多贤才，害得你如此落魄飘零啊！

他的妻子病逝于战乱前几年，面对她最后的遗言，他只能轻声许诺，"国安在，你放心走吧。"

德祐二年，临安城高悬降旗，数万百姓一夕间沦为流民，文天祥和张世杰等人拥立两位幼主出逃。

蒋捷夹在难民之中踏上行舟，流经吴淞江，见景色依旧，国已不再，忽然悲上心头，提笔作《一剪梅·舟过吴江》。

一片春愁待酒浇。江上舟摇，楼上帘招。秋娘渡与泰娘桥，风又飘飘，雨又萧萧。

何日归家洗客袍？银字笙调，心字香烧。流光容易把人抛，红了樱桃，绿了芭蕉。

哪天才能回家洗净客袍，结束这流散的生活呢？

---

1 蒋捷《女冠子·元夕》。
2 蒋捷《贺新郎·甚矣君狂矣》。

"国还在，我们一定能回家，回临安去。"蒋捷在心中对亡妻默念。

祥兴二年，文天祥被俘，崖山海战在蒙军的追击下大败，绝望的陆秀夫背着幼主跳海自尽，张世杰在狂风中溺亡。十万君臣随八百皇族全部跳海自尽，以身殉国。

那天，远方传来消息，海上浮尸数万。

宋，气数已尽！

——那天，蒋捷终于朝远方失声痛哭。

多年后，他开始庆幸家人死在故国灭亡之前。如此，他们便不曾像自己这样，用这双饱经风霜的眼，清清楚楚地看着大宋的国土被外族铁骑一点一点吞没；不曾同自己这般惶恐，在临安城高悬降旗之际，与绝望的文士们一同拜向旧都的方向，恸哭高歌。

原来"三秋桂子十里荷花"[1]终究是宋人所追不及的泡影，而今，就连临安都沦为了破碎的梦一场。

蒋捷心灰意冷，隐居不仕，终身作词追思故国，纵然元朝欣赏他的才华，要举荐他做官，也都被坚定拒绝。他四处流浪，在竹林间过着清贫的日子[2]，号"竹山先生"。[3]

而今，他颠沛到了这座无名的僧庐。

五更

清晨，小沙弥又跑去找方丈："师父，那位听了一夜雨声的先生要走了！可是……他究竟都走过哪里，最终又要往何处去呢？"

"往他该去的地方去，"方丈低声道，"去送送那位施主吧。"

---

1 柳永《望海潮·东南形胜》。
2 《荆溪词初集》："竹山先生恬淡寡营，居隔湖之滨，日以吟咏自乐。"
3 《蒋氏家乘》："九十六世捷，字胜欲，号竹山。治《易经》。宋恭宗德佑子进士。元初自了亭迁居晋陵，遁迹不仕。元大德六年宪使臧梦解、陆厚交章荐之，卒不就。"

蒋捷偶尔会追思后半生。

他曾走过元夕夜清冷的灯会——

蕙花香也，雪晴池馆如画。春风飞到，宝钗楼上，一片笙箫，琉璃光射。而今灯漫挂，不是暗尘明月，那时元夜。况年来、心懒意怯，羞与蛾儿争耍。

江城人悄初更打。问繁华谁解，再向天公借？剔残红炧，但梦里隐隐，钿车罗帕。吴笺银粉研，待把旧家风景，写成闲话。笑绿鬟邻女，倚窗犹唱，夕阳西下。[1]

谁能再向上天讨回昔日的繁华呢？而今再写出故国风光，也不过沦落成了几句前朝闲话。时隔经年，我听到邻家少女倚窗唱宋时的元夕词，不禁笑叹："如今竟还有人会唱这首词吗？"

他借宿山间僧庐——

"世事变化，只有山还如往日。明天便用枯荷叶抱起冷饭，越过前面那座小山设法糊口吧。趁未出发再喝一口酒，所幸那谋生的笔仍在，我问附近的老翁是否需要抄写《牛经》，那老翁不回答我，只摇手而已。"[2]

他想，或许自己也终将变成后人口中的前人，又或许他的名字从不曾在任何记载里出现，就像大多数词人那样，默默无闻地淹没在滚滚向前的岁月中。

宋朝，就像是沾湿衣袖的几滴繁华梦。

汴梁盛景，独上高楼，酒痕沾衣襟；临安余晖，衣冠南渡，泪水湿满裳。

盛衰一曲又一曲，唱了三百一十九年，待这衣襟袖袍上的痕迹散了，薄梦，也就醒了。

六更

雨停了。

蒋捷背着行囊走出寺庙时，见小沙弥候在门口。

"施主，您此番又要往何处去呢？"

---

1 蒋捷《女冠子·元夕》。
2 蒋捷《贺新郎·兵后寓吴》。

山色欲滴，晨雾未散，山河依稀还是旧模样，想必还有许多如竹般的隐士，也在这山水间低吟浅唱。

蒋捷淡淡一笑："向那些长满竹子的地方去。"

千百年后，会不会有后人如大浪淘沙，细细将他渺小的一生打捞出来？会不会透过他留下的词作，窥探这一抹大宋最后的风流？

蒋捷不知道。

若故土再无人高声长歌，我便做大宋最后的守灵人吧。

风雪能摧毁竹子，但不能让它折腰。父亲，您教过我的气节，我做到了。

他只是微微昂首，大步归隐于山水间。

大宋最强逛吃笔记

文·二月殿下

　　常年雄踞于南方的独特地理条件，催生了独树一帜的大宋文化。这里，是蕴藏着自然美与人文美的瑰丽宝库，也是热闹瓦肆、雅致茶亭和幽远山林等各异景观的大熔炉。在这里，你既可以在风雅的酒肆中，体会灯红酒绿、歌舞升平的大宋风情；你也可以在悠然的小院中，谛听山野之间的自然天籁……

　　考虑到时光旅客们在旅途中可能会遇到种种不便，小编特意为你准备了这份旅行指南，祝你旅途愉快！

酒楼
JIU LOU

来到大宋，最不能错过的地方之一，便是酒楼了。

宋人的酒楼通常是24小时营业。《梦粱录》曾以"花木森茂，酒座潇洒"一句描绘了大宋酒楼林立的繁华之景。随着我国经济重心南移的完成，宋朝的酒楼也完美融合了南北饮食文化，其特色若用一个词来概括，就是"南料北烹"。

得益于富庶稳定的社会经济和雍容典雅的文化氛围，宋的酒楼文化极其考究。在东京，像样的酒楼门前都要用长竹竿搭建门楼，再饰以彩帛，以彰其门楣。这叫作"彩楼欢门"。入夜后，则要在屋内点上彩灯、彩烛，将宽敞的长廊与厅堂照得亮如白昼。有些酒楼门口还悬挂着巨大的"灯笼广告"，灯笼上书"十千""脚店"等字样。"十千"是美酒的代称，表示本店内有美酒供应；"脚店"则表明店内所售美酒都是从"官方白酒旗舰店"批发而来，绝无掺假。

东京的好酒家大多汇聚在九门桥外，比如名声响彻京华的八仙楼、仁和楼和长庆楼等。一走进酒楼，殷勤的茶博士就立刻拖着手巾板儿和菜单凑到你跟前，尚未开张的歌姬、舞姬们也摆开了笑脸，只等你招呼一声。高挑的一楼大厅里尽是达官贵人的身影，你或许还能在这里见到几个语文书里的熟人。

点好酒菜之后，就可开怀畅饮了。宋人之间最为流行的是煮酒和清酒。微热之后的酒，少了几分热烈刺激，味道更偏柔软绵厚，不易醉人。觥筹交错之间，若是听到包间的门被人轻轻叩响，请别奇怪，这多半是常驻酒楼的歌姬们来卖唱了。她们多是妙龄少女，自幼学艺，在酒楼的宾客之间周旋为生。且让她们进屋，在宾客面前坐下，来一曲古韵悠扬的琵琶或琴筝。她们的表演通常没有定价，全看客人心情。一曲罢了，若是宾主尽兴，便可赠给一些散碎银两，以全礼节。

　　需要注意的是，由于宋人请客多好排场，不少酒楼都会趁机在一些额外项目上收取高额服务费。譬如以清净雅致为卖点的张家酒楼，便会将其餐具价格也计入餐费当中。其所用食器皆为银制，又是请能工巧匠精雕而成，因此，即使是来这儿吃一餐清粥小菜，花费也不菲。

　　对了，由于辣椒此时还未远渡重洋来到中餐桌上，宋人的饮食便以甜、酸、咸为主，尤其嗜甜。因此，无辣不欢的游客朋友还请绕路去明清线哦。

小tips：大宋酒楼美食推荐

　　1.蟹酿橙：金秋时节的大宋经典美食。做法记载于《山家清供·蟹酿橙》之中。厨师会将新鲜的秋橙洗净去瓤，稍留橙汁，再用肥蟹膏肉填充，最后用带汁的橙子顶盖覆盖其上。用黄酒、醋与水混合将其蒸熟后取出。食客蘸盐、醋食用。

　　2.油酥饼：大宋国民美食，游客必尝，五星级推荐。元人韩奕所撰的《易牙遗意》一书中记载了其做法："油酥四两、蜜一两、白面一斤，搜成剂。入脱作饼，上炉。或用猪油亦可，蜜用二两尤好。"

　　3.羊羔酒：震惊！羊羔酒里面居然真的有羊肉！是不是终于觉得自己被老婆饼和鱼香肉丝欺骗的人生中多了一丝信任的力量？《遵生八笺》中记载了羊羔酒的做法："糯米一石，如常法浸浆，肥羊肉七斤，曲十四两，杏仁一斤，蒸去苦水。又同羊肉，多汤煮烂，留汁七斗，拌前米饭，加木香一两，同酿。不得犯水，十日可吃，味极甘滑"。作为宋人身份地位的象征，羊羔酒通常只在高级酒楼有售，自然也价格不菲，通常不低于八十一文一角。

瓦肆
WA SI

若是在盛夏时去大宋，请一定不要错过瓦肆。

宋之前的朝廷大都实行坊市制，即将市场与居民区严格分开，定期定时地举行集市，入夜还常实行宵禁。唯宋之后，这些束缚才尽皆散去，坊市之限也被打破，于是便有了瓦肆。

瓦肆是宋人最重要的游乐场所之一。如果说酒楼是文人雅士的圣地，那么瓦肆就是平民百姓的天堂。这里没有入场门槛，也没有最低消费，只有最迎合普罗大众的通俗娱乐活动。

走在瓦肆之中，便不用再担心无聊。这里通常会热闹上一整天。暖风熏熏、歌舞升平的大宋风华，必定会让你流连忘返。若是旅游时间充足，请一定要给瓦肆一天时间。

瓦肆间常有民间艺人演出：说书、唱戏、杂技和武术等。其形式多样，深受大众的好评。这些靠演出为生的艺人被称为"赶趁人"，他们是让这座城市繁华热闹的重要原因。

若是逛得肚子饿了，还可好好品尝一下瓦肆的特色小吃。爱吃肉的，可以去尝一下大宋特色的羊头、牛肚、鹌鹑和兔子等野味卤肉；爱吃甜咸点心的，可去尝尝时下在宋人当中流行的枣泥饼、香糖果子、雕花蜜饯、梨条梨干；爱吃面食的，罨生软羊面、桐皮面、盐煎面、插肉面、糖肉包子、蟹肉包子和羊肉馒头等等，总能有一款让你满意；爱吃冷饮的，可去西街的冷饮摊，那边有冰雪凉水、荔枝糕、冰糖绿豆甘草、冰雪冷元子和冰梅花酒等，最是清凉宜人……

若是逛累了，就去买些伴手礼带回去吧！若是送女友，小编首推大宋特色的鲜花点心。宋人爱花，也将许多鲜花带入了饮食当中。《东京梦华录》就记载了各种以花制作的花露、花糖、花点心，称作"干果子"。还有一些以时令鲜花入肴的经典菜品：例如蜜渍梅花、广寒糕（添加桂花）、玫瑰糕饼、桂花甜粥和牡丹生菜等。玩具也是不错的选择，推枣磨、人马车轮、玩偶和面具等，都是瓦肆里颇受欢迎的小玩意儿。

瓦肆经典活动打卡tips

1. 斗茶：点茶、焚香、插花、挂画，被宋人合称为四艺。而在四艺之中，点茶是当之无愧的核心。在大宋皇帝所著的《大观茶论》中详细记述了宋人的斗茶风尚。斗茶主要是比拼茶叶品质和点茶技艺。斗茶场所多选在茶亭的二楼，为的是雅致和不沾"凡尘"。

2. 女相扑：瓦肆和夜市中的"王者"级项目。女相扑多在男相扑比赛前进行，其任务主要是吸引行人和活跃气氛。女相扑手被称为"女飚"，取其动作莫测、变幻如风之意。临安城内有名的女相扑手有嚣三娘、黑四姐和张椿等。

3. 爆米花问卜：看表演时若是感到嘴巴寂寞，就来包爆米花吧！尤其是在节庆日子，宋人常有吃爆米花的习俗。只不过此时的爆米花不是用玉米，而是用糯米制成。在上元节，宋人还会用爆米花出炉时的形状、色泽等来卜知新一年的吉凶。而待字闺中的少女们则会以爆米花来卜问终身大事，据说特别灵验。小编特意帮大家问了一下热心摊主，占卜时请默念咒语："爆米花，爆米花，请赐我一个如意郎君吧！"切记，心诚则灵哦！

大宋主题旅游项目推荐

1. 宗教旅行：宋时儒释道三教鼎盛，宗教主题旅行也因其兼具人文底蕴和自然风光，颇受文人雅士的喜爱。得益于高度发达的经济，大宋的佛寺旅行项目也非常完善。许多知名古刹都提供食宿、讲经等服务，佛寺周边还有山水、庭园等好景可供游览。著名文学家杨万里就曾在参加了一次佛寺旅行之后写下心得："家家砌下过清泉，寺寺云边占碧山。走马来看已心醒，更教选胜佳中间。"[1]

2. 园林旅行：宋时旅游业发达，便有一些富商抓住时代机遇，建造专供旅游的庭园，然后对外揽客、收取门票。例如，《烬余录》中就记载了一名朱姓商人新造了一座园林，取名"泳水园"。园林中有双节堂、御容殿、御赐阁、迷香楼、九曲桥、十八曲水和八宝亭等许多景点，又专门辟了一处地方来养花种花，供游客欣赏。此外，园主还会在园内设摊卖茶，通过收取"茶汤钱"来获利。

3. 乡村旅行：乡村旅行的主要对标顾客是城里人，不同地方的主打卖点也各有特色。例如，成都的乡村就以其物华、人多的特色开发出游江、蚕市和庙会等活动。但无论在哪里，荡秋千、放风筝和斗草等活动都是大宋乡村旅游的必备项目。尤其是在早春时节，人们会将风筝放高、放远，然后将风筝线割断，任风筝飘走。据说这样就能让风筝带走一年的霉运。

4. 观潮旅行：钱塘江大潮是临安的著名旅游景点。自古以来，歌咏钱塘江潮的

---

[1] 杨万里《庚戌正月三，约同舍游西湖十首》。

诗作不在少数。例如，苏轼的"鲲鹏水击三千里，组练长驱十万夫。红旗青盖互明灭，黑沙白浪相吞屠"[1]等。观潮时节首选秋天，以金秋八月为宜。但要切记早定旅店。因为每到观潮时，钱塘江附近的旅店和饮食价格都会暴涨，"饮食百物皆倍穹常时"[2]。

大宋经典伴手礼推荐
DA SONG JING DIAN BAN SHOU LI

1.《吴氏中馈录》 推荐指数：◆◆◆

推荐理由：本书为大宋著名女"厨神"吴氏呕心沥血之作，是我国历史上第一本由女性厨师出版的菜谱。全书共分脯鲊、制蔬、甜食三部分，所记菜品涵盖了炙、腌、炒、煮、焙、蒸、酱、糟、醉、晒等数十种烹饪方法。堪称"烹饪小白"的"成神"必备指南。

2. 注子温碗和孔明碗 推荐指数：◆◆◆◆◆

推荐理由：兼具观赏性与实用性的大宋经典瓷器。大宋瓷器在设计上通常具有修长简约、古朴端庄的特征。这两款产品便是其中典型，且它们还有优良的保温功能。其中，注子温碗是酒器，其中间的酒壶名为"注子"，壶体四周是一个温碗，用来倒入保温用的热水。使用时只要将温碗放满热水，就能给酒壶中的酒液保温；孔明碗是食器，由两只瓷碗相套而成。两碗分内外，中间留空。外碗底有一圆孔，可注入沸水，给碗内的食物保温。

---

1 苏轼《催试官考校戏作》。
2 周密《观潮》。

奇奇怪怪的宋词大赏

文·顾闪闪

《菩萨蛮·夏闺怨》

艺术就是倒带。

如果大宋朝有"怪词比赛",苏轼就算甩掉只鞋也会跑过来参赛,没办法,他单好这个。

作为宋词发展道路上伟大的开拓者,苏轼誓要打破诗与词之间的壁垒,堪称宋词的"平权斗士"。衣食住行,方方面面,几乎所有当时人觉得能放在词里写的,和不能放在词里写的,他都试过。

这天苏轼突然想到,诗中最"怪"的,莫过于正着反着都能读的"回文诗",他聪明的脑袋瓜一动,既然诗能写"回文",词凭什么就不能写呢?一行诗正着反着都能读的前提,是因为前后两部分字数相同,有没有哪个词牌恰好也能做到这一点呢?

还真叫他找到了,那就是前两句每句七个字,后六句每句五个字的《菩萨蛮》,这个词牌的知名作品,就有那首大家都会唱的"小山重叠金明灭,鬓云欲度香腮雪"。

苏轼发现这点后，开心得不得了，一口气用这个词牌写了七首回文词，《菩萨蛮·夏闺怨》就是七首中的经典之作。

柳庭风静人眠昼，昼眠人静风庭柳。

香汗薄衫凉，凉衫薄汗香。

手红冰碗藕，藕碗冰红手。

郎笑藕丝长，长丝藕笑郎。

盛夏时节，一位女子于闺中昼寝，栽种了柳树的庭院静悄悄的，正宜休憩；而因为主人睡着了，庭院内显得更加静寂无声，只有柳丝偶尔被风浮动，此情此景，正所谓"静中有动"，无比和谐。

吹动柳丝的微风也吹透了女子的薄衫，睡梦中的她出了一层汗，被风这样一拂，感到分外凉爽；因为穿着清凉，衣衫下的薄汗也透出淡淡的脂粉香。女子睡醒了，迫不及待地捧起一碗冰镇的甜藕；装着冰镇甜藕的碗也是真解暑，冰得女子的手都微微泛红。冰藕鲜甜，被她一咬就拉出长长的藕丝来，这一幕正好被她的郎君看到，便拿这事笑她；殊不知拉着长长细丝的藕也在暗笑郎君，不解风情，真是一脸傻样。

短短一首小词，正读反读，各自成句，各有情趣，画面上又彼此相连，构成一幅闺中调笑的完整场景，生动又可爱。

其实对于skr（押韵）成瘾的宋朝人来说，写回文诗词并不难，只要有一点点小机灵；但能把回文词写得如此精妙有趣，浑然天成，还是得看苏东坡。

《沁园春·将止酒、戒酒杯使勿近》
不喝二斤白酒写不出这词。

李白写《将进酒》，辛弃疾非反着来，要写《将止酒》。

李白写《将进酒》是因为要靠饮酒纾解胸中愁怀，豪饮高歌，"与尔同销万古愁"；而辛弃疾写《将止酒》是因为喝得过分了，咽炎、嗜睡和各种心脑血管疾病就都找过来了。

高情商：醉后何妨死便埋。

低情商：再不戒酒老子就要死了！

杯汝来前，老子今朝，点检形骸。甚长年抱渴，咽如焦釜，于今喜睡，气似奔雷。汝说刘伶，古今达者，醉后何妨死便埋。浑如此，叹汝于知己，真少恩哉。

更凭歌舞为媒，算合作平居鸩毒猜。况怨无大小，生于所爱，物无美恶，过则为灾。与汝成言，勿留亟退，吾力犹能肆汝杯。杯再拜，道麾之即去，招则须来。[1]

这首词记载的就是我们的霹雳战神、词中之龙辛弃疾戒酒时的心路历程。辛弃疾早年在军中就喜好喝酒，到晚年眼前跑走马灯了，那也得写成"醉里挑灯看剑"。他经常去邻村喝到大醉才被板车拖回来，夫人要是不去捡他[2]，他能站那和电线杆聊一宿。

他曾在词中写道："昨夜松边醉倒，问松'我醉何如'。只疑松动要来扶，以手推松曰'去'！"[3]

松树：你清醒一点！

随着年纪渐老，辛弃疾也意识到不努力戒酒不行了，于是他在又一次宿醉后，霸气地和酒杯宣战："你小子过来，老子最近做了个体检，大夫说我血压血脂血糖连连攀高，全身的零件没几个好使的了，都是你小子害的！哎，你别躲，我问问你，这些年来我对你不好吗？我可一直把你当成知心朋友，你却忘恩负义，还诱惑我说像刘伶这样的古今达者，死在哪里就在哪埋又何妨？这是知己该说的话吗？我埋你个棺材板板！"

酒杯：嘤。

这还没完，辛弃疾又往深了挖，说："我一直觉得，是我太宠你了，还有你的那个小伙伴'歌舞'，你们俩合起伙来要毒死我啊。我下定决心了，以后不能再这样了，来你别跑，咱们俩约定一下，从今往后你离我远远的，要不然就让你尝尝大宋第一铁拳的厉害！"

酒杯：嘿嘿，我走了，但没完全走。什么时候你想我了，我一定回来。

一句话，别人戒酒靠毅力，辛弃疾戒酒，全靠酒杯自觉。

---

1 辛弃疾《沁园春·将止酒、戒酒杯使勿近》。
2 辛弃疾《定风波·昨夜山公倒载归》。
3 辛弃疾《西江月·遣兴》。

还好这词是写给酒杯的,但凡让第二个人看着,都得问辛弃疾一句:"稼轩啊,你这种症状持续多长时间了?"

《柳枝·江南岸》
等我发达了,就把全世界种满柳树。

辛弃疾好酒如命,也有人好"柳"如命。问朱敦儒的这首词中,"柳枝"总共出现了几次?

江南岸,柳枝。江北岸,柳枝。折送行人无尽时。恨分离。

柳枝。酒一杯。柳枝。泪双垂。柳枝。君到长安百事违。

几时归。柳枝。[1]

这首词描绘的场景在当时很常见,丈夫上京求取功名,女子在岸边相送,哭也哭过了,酒也喝过了,担心丈夫在长安城遇到诸多不顺心的事,又不知道他什么时候归来,只能依依不舍地折柳相送。

"柳",留也,女子希望丈夫能留下来。即便注定要走,也希望借由柳枝,将他的心留下,时时相互思念。

原本平平无奇的一首词,频繁地加上"柳枝"做缀后,就变得有趣起来。正如同王昌龄《闺怨》中写道:"忽见陌头杨柳色,悔教夫婿觅封侯。"两岸柳枝漫漫纠缠,缭乱人眼,更乱了人心。况且不要忘记了,在宋朝,"词"是用来唱的,每句后的词缀"柳枝",就相当于今天的和声,"柳枝"无处不在,便如同思念和离别之情纠缠在分别前的每时每刻,不肯散去,一唱三叹,愈叹情愈浓。

不过朱老,您写的这首词在北方唱唱也就算了,就别去为难福建人了。

毕竟 n 和 l 不分实在伤不起啊!

《如梦令·永垢何曾相受》
居士别念了,我有画面了。

没错,又是苏轼,一天不写怪词,苏东坡浑身不舒服。

---
[1] 朱敦儒《柳枝·江南岸》,此为版本之一。

在写这首词之前，苏轼还特地介绍了下，《如梦令》这个词牌的起源。此曲原本是唐庄宗创制，本名《忆仙姿》，庄宗嫌这个名字忒俗，不符合曲子清雅的气质，故而改名为《如梦令》，原曲的最后一句词正是"如梦如梦，和泪出门相送"。

苏轼这天也含着眼泪被人送出了门，觉得挺应景，就写了这首《如梦令》，不同的是他不是因伤感含泪，而是被人搓澡搓得眼泪汪汪。

水垢何曾相受。细看两俱无有。寄语揩背人，尽日劳君挥肘。轻手，轻手。居士本来无垢。

内容不用做更多解释，用词非常生活化。苏轼在泗州永熙塔大澡堂脱光光了，一边被搓得"哎呀哎呀"直叫唤，一边转头说："师傅，劳您挥动胳膊用力搓了，但是您仔细看看就会发现我身上溜滑，是既没有水又没有污垢，所以您轻点……轻点，啊！"

虽然我们没听过《如梦令》的调调，但从小序可知，这是首相当高雅的曲子。苏轼的这首词，就仿佛维也纳金色大厅里，一群身穿燕尾服的音乐家在灯光照耀下，庄严地演奏起管弦乐团的保留曲目，但正当中的不是拎着小棍儿的指挥家，而是趴在那让人搓澡的苏轼，边搓还边叫着"轻点"！

唐庄宗："你挑衅是吧？"

但苏轼就是这样一个人，在他眼里，世间万事无不可写入诗词，这是苏词的灵魂，也是苏轼的人生哲学。或许你在课本上读不到这首词，但从本书看到了，会心一笑，就会发现原来那些写词的也并非都是些不食人间烟火的"仙人"，澡堂子的诱惑，即便东坡居士也抵挡不了呀。

《沁园春·寄稼轩承旨》

人类早期梦男文学。

如果说上面苏轼的《如梦令》只是借个词牌，下面刘过的这篇，就是真·如梦令——离谱得好像做梦一样。

斗酒彘肩，风雨渡江，岂不快哉！被香山居士，约林和靖，与坡仙老，驾勒吾回。坡谓西湖，正如西子，浓抹淡妆临镜台。二公者，皆掉头不顾，只管衔杯。

白云天竺飞来，图画里、峥嵘楼观开。爱东西双涧，纵横水绕；两峰南北，高下云堆。逋曰不然，暗香浮动，争似孤山先探梅。须晴去，访稼轩未晚，且此徘徊。[1]

刘过这个名字，大家或许不是很熟悉，但人家也不是什么草根词人，他和辛弃疾是好朋友，人称"辛派三刘"之一，放在武侠小说里，大概就是丘处机和王重阳的关系，在南宋也是响当当的名家。他姓刘名过，字"改之"，估计金庸老先生在写《神雕侠侣》的时候，就从他身上找过影子。

刘过写过一首《唐多令》，相当有名，最后一句"欲买桂花同载酒，终不似，少年游"[2]耳熟能详到，大家听完都会感叹"居然是他写的"的程度。

老刘是个怀才不遇的布衣，一生流落在江湖间，不光"少年游"，他中年、老年都在访友交游中度过。这天他和好友辛弃疾又约好了一起玩，但临时有事，只能鸽了稼轩，刘过怕挨老友的铁拳，所以作了这样一首词，当作爽约的借口。

词的上阕，老刘先写：哎呀，知道稼轩你早就买好了美酒和猪肘子等着款待我，我也准备好冒着风雨渡江去与你相会，那场面想想都快乐！

但是，划重点，为什么我来不了了呢？因为我半路上被香山居士、林和靖和坡仙老给强拉回来了，你说气不气人？香山居士，白居易的别号；林和靖，就是那个"梅妻鹤子"的林逋；坡仙老更不必说，就是上面出场了两次的苏东坡。可问题是，白居易是唐朝的，林逋和苏轼都是北宋的，跟他老刘隔着代呢，真的玩不到一块去，但他不管。

作为早期同人男，刘过表示，这世上就没有他不敢梦的。

在他的幻想里，东坡不胜酒力，与他品评美景，说"欲把西湖比西子，浓妆淡抹总相宜"，邀请他要到西湖转转。而白居易和林逋对此不感兴趣，头都不抬，一味饮酒——别说，至少人设上不 OOC[3]。

酒过三巡，白居易抬头说，游湖不如去漂流，"东涧水流西涧水，南山云起北

---

1 刘过《沁园春·寄稼轩承旨》。
2 刘过《唐多令·芦叶满汀洲》。
3 英文缩写，Out of character，意为脱离原本的人设。

山云"[1]，两岸盛景就如同画卷般徐徐展开，美不胜收！林逋也来劲了，说老白你可住口吧，漂流哪有登山妙，岂不闻"暗香浮动月黄昏"[2]，我们还是先上孤山去看梅花。

跨时代的三位大咖你一句我一句，争论着要带老刘去哪里玩，老刘被夹在当中受宠若惊，但还是弱弱地说了下："那个……你们不要为了我吵架，辛弃疾还在等我，我得先走了。"

下一秒就被三个人拽回来道："急什么？等天晴了再去找稼轩也不迟，再和我们待一会儿。"

刘过："对不起了稼轩，不是我不去，是我幸福得快要晕过去了。"

辛弃疾："醒醒兄弟，该吃药了。"

对于刘过的"梦男文学"，后世多有批评，有说它粗俗的，还有断言这是"词中最下品"的。

但刘过作为吾辈楷模，对此微微一笑，我管你们喜不喜欢，总之写完我是狠狠爽到了。在那些古人的眼中，白居易、林逋和苏轼皆是不可触碰的大才先贤，但千百年后，"辛刘"对我们而言，又何尝不是千古文豪呢？都是圈内大手，大家一起在梦里聚聚，也就无可厚非啦。

---

1 白居易《寄韬光禅师》。
2 林逋《山园小梅》。

词牌名争霸赛

都是词牌名，凭什么你就有故事？

文 · 顾闪闪

《贺新郎》

宋朝的"没头脑与不高兴"。

你坐在宋朝的宴席间，捧着歌本，歌伎乐师已经准备好了，在场几十号人都在等着你点歌，可是你对词牌名真的没什么了解。慌乱间，你扫到了《贺新郎》这个词牌名，机智的你马上反应过来，这么喜庆的名字对应的调调也必然是欢乐的，符合大家齐聚一堂的气氛，遂将手一挥，吩咐奏乐唱起来！

你不知道的是，《贺新郎》其实和"新郎"没有半文钱关系，它的本名叫《贺新凉》，透心凉的"凉"；它也并不是一首用于婚庆的小甜歌，此曲曲调沉郁苍凉，填的词也大多是那种让人听后心里发紧的。

关于这个词牌，还流传着一个小故事。当时，苏轼在杭州做太守，他这个人有个特点，就是爱热闹，喜欢开 party（聚会）。那天他请了一帮贵客，齐聚湖心亭包场听演唱会，可茶水都快喝完了，歌手还没上台。一打听才知道，原来是有个叫秀兰的官妓迟到了，迟到的理由更是离谱——据秀兰自己讲，她是沐浴时在浴桶里睡着了。

235

正好在场有个客人脾气特别爆，直接就下场开怼了，说你秀兰是什么十八线小歌星，敢在我们面前耍大牌，就算我们答应，这次宴会的主办方、国民男神苏子瞻也不会答应！

秀兰一个小姑娘，哪应对过这状况，支支吾吾，闪烁其词道："嗯……怎么不答应呢？我觉得，我已经很努力了呀。要不然，我送你一朵小红花吧。"

客人：怒气值+800。

苏轼一看这场面快控制不住了，赶忙出来解围，把秀兰叫过去，现场填了首词给她唱，因词中有"乳燕飞华屋。悄无人、桐阴转午，晚凉新浴"句，故名"贺新凉"（后误传为"郎"）。苏轼这首词写得很巧妙，先是交代了晚凉时分舒适的氛围，后面又写道"手弄生绡白团扇，扇手一时似玉。渐困倚、孤眠清熟"，写出了女子姿容的美好，和沐浴时睡态的惹人怜爱。[1]

客人一听心也跟着软了，加上还赚了苏轼一首新词，最重要的是主办方都如此宽容厚道，他也不好意思再纠缠，只得息怒了，一时间宴会上又充满了快活的空气。

《喝火令》

正常人谁听《喝火令》啊？

如果《贺新郎》的背景故事，还称得上一段美谈的话，那词牌名《喝火令》的来历起源，就堪称生猛。

传说南唐时期有个小伙叫伍乔，其人风流倜傥、才华横溢，从小到大追求者无数。但他统统看不上眼，只钟情于一位极有个性的姑娘。那姑娘也是被他缠得烦不胜烦了，某天掏出一杯度数未知，上头燃着熊熊烈火的真·烧酒，对伍乔说："干了这杯酒，我们就是一家人了。"希望他能知难而退。

想不到伍乔真是个情种，也不管那酒里啥成分，拿起"火焰杯"一饮而尽。

从此以后，这位火系调酒师和她满嘴燎泡的丈夫过上了幸福快乐的生活。

咱们也不知道这吞火表白是确有其事，还是被后人传歪了，但《喝火令》这个词牌是真实存在的，是宋词十七令之一，宋朝的黄庭坚和清朝的龚自珍、顾太清等

---

[1] 苏轼《贺新郎·春景》。

都用它填过词。

《长相思》
BE[1]剧情专用BGM。

问：如何用一句话写一篇虐文？

答：生当复来归，死当长相思。[2]

词牌《长相思》又名《吴山青》《山渐青》《相思令》等，本为乐府篇名，后成为唐教坊曲，精髓就在于一个"别"字。作为"虐心古风歌单"永远的NO.1，它誓要将悲伤进行到底，历代诗词大手们陆续产出了"长相思，在长安……长相思，摧心肝"[3]"思悠悠，恨悠悠，恨到归时方始休"[4]"风一更雪一更，聒碎乡心梦不成，故园无此声"[5]等重磅催泪弹，大有"在我的BGM（背景音乐）里，大家谁都别想好"的杀疯了的势头。

正所谓《长相思》一唱，非死即伤。如果你的哪个朋友最近太欢脱了，你看他不爽的话，就给他听《长相思》吧，不夸张地讲，我家狗听完都瘦了二斤。

《破阵子》
别问，问就是重金属摇滚舞曲。

如果说上面那些都是秦楼楚馆中，妙龄少女们轻轻弹唱的婉转音调，那《破阵子》就是大宋浪子们抱着土琵琶嗨唱的必点曲目。

它本是唐代教坊曲《秦王破阵乐》的一段，而《秦王破阵乐》不是流行歌曲，也不是宫闱宴乐，它是大唐军歌啊朋友们！

"唐《破阵乐》属龟兹部，秦王所制，舞用二千人，皆画衣甲，执旗旆。外藩

---

1 悲剧结尾，Bad End。
2 苏武《留别妻》。
3 李白《长相思·其一》。
4 白居易《长相思·汴水流》。
5 纳兰性德《长相思·山一程》。

镇春衣犒军设乐，亦舞此曲，兼马军引入场，尤壮观也。"[1] 可想而知，它的曲调该是何等豪壮激昂。

就像聚会时中年男士们都喜欢高歌一曲《军中绿花》，满腔报国之志的宋朝文人们特别喜欢写《破阵子》，代表人物就是写出了"醉里挑灯看剑，梦回吹角连营"[2]的辛弃疾。

但《破阵子》的曲调也并非只适合战争这一场合，晏殊曾用它写"燕子来时新社，梨花落后清明"[3]的早春丽景，李煜曾用它写"一旦归为臣虏，沈腰潘鬓销磨"[4]的亡国之恨，也无不恰当。

《渔歌子》
为躺平而作的歌。

在唐朝有这样一个人，他三岁能读书，六岁能作文，八岁时成为被唐玄宗选中的少年，赐优养翰林院，十六岁取得京城户口，游历太学，一时间被称为神童。但他却选择在年仅二十七岁时，就弃官归隐，从此后，游黄山、泛绩溪，直钩钓烟水，自号"烟波钓徒"[5]，再不涉足名利。他存世的诗歌不多，但却是唐朝最早填词的诗人之一，那首"西塞山前白鹭飞，桃花流水鳜鱼肥。青箬笠，绿蓑衣，斜风细雨不须归"[6]你我都背过。

他的名字叫作张志和，一个真正做到有骨气地"躺平"的男人。他的人生理想至今还在影响着我们，这首《渔歌子》也流传下来，成为经典词牌。

遗憾的是，这首唐朝时的渔父词流传到宋朝，曲调已经遗失了。苏轼大为叹息，为了方便演唱，特地在原词的基础上又添加了几个字，使其符合《浣溪沙》的韵律，变为：

---

1 陈旸《乐书》。
2 《破阵子·为陈同甫赋壮词以寄之》。
3 《破阵子·春景》。
4 《破阵子·四十年来家国》。
5 《新唐书·张志和传》。
6 张志和《渔歌子·西塞山前白鹭飞》。